英雄王、武を極めるため転生す そして、世界最強の見習い騎士♀

11

Author ハヤケン

Illustrator Nagu

暫く何もない黒い空間を進み、
そして――
見えてきたのは、
うっすらと輝きを放つ高い柱、
いや円筒状の装置だった。

「システィアさん……
ユ、ユア先輩!?」

「あぁぁぁあ……！
クリス！
クリスうううううううううっ！」
グレイフリールの石棺は、
絶望的な深さまであっという間に沈んで行く。
透明度の高い美しい海水だからこそ、
その様子がはっきりと見えてしまう。

英雄王、武を極めるため転生す
～そして、世界最強の
見習い騎士♀～ 11

ハヤケン

HJ文庫
1132

口絵・本文イラスト　Ｎａｇｕ

Eiyu-oh,
Bu wo Kiwameru tame
Tensei su.
Soshite, Sekai Saikyou no
Minarai Kisi "♀".

CONTENTS

005 — 第1章
16歳のイングリス 絶海の天上領 その6

060 — 第2章
16歳のイングリス 絶海の天上領 その7

124 — 第3章
16歳のイングリス 絶海の天上領 その8

160 — 第4章
16歳のイングリス 絶海の天上領 その9

212 — 第5章
16歳のイングリス 絶海の天上領 その10

246 — 番外編
剣姫の記憶

295 — あとがき

第1章 ◆ 16歳のイングリス　絶海の天上領　その6

炎に包まれる、天上人の三大公派、技公の本拠島イルミナス。

その中枢である中央研究所の前――

この光景を生み出した張本人であるはずのシャルロッテとティファニエ、マクウェルらが揃って頭を垂れるのは、イルミナスの重鎮であるヴィルキン第一博士だった。

「え……!?　え!?　どういう事!?」

ラフィニアは驚いた様子で、両者へ交互に視線を向ける。

「なるほど。ティファニエさん達を手引きしたのが、ヴィルキン博士。あなただったという事ですね？」

イングリスはそう問いかける。

広大なこのイルミナスを炎に包むような真似は、相当な下準備無しには出来ない事。

また、イルミナスの中枢たる技公の機能が停止し、街から殆ど人がいないような状況でなければ、早々に異常を検知されてしまい、実現は不可能だ。

今ヴィルマが機竜を操り街中を消火させているが、それこそヴィルマではなく技公自身が機竜を出動させて、侵入者を排除したはず。

つまりティファニエ達はイルミナスが機能不全に陥る事を知っていた。

その上でこの天上領を焼き討ちする準備を整え、満を持して乗り込んできたのだ。

「という事は、そもそもこのイルミナスが機能不全に陥り海に不時着したのも、あなたの仕業だとお見受けしますが？」

「「ええっ⁉」」

「と、父さん……！　ほ、本当なのですか⁉」

にこにことイングリスの問いかけを聞いていたヴィルキン第一博士は、ヴィルマに問い詰められても表情を変えない。

「そうだよ～。技公様がお元気だと、迂闊な動きは出来ないしね～」

相変わらずにこにこと、そう返答して見せる。

「な⁉　ど、どうして……⁉　どうしてそんな風に笑っていられるのです⁉　イルミナスが崩壊しようとしているんですよ⁉」

「そうよ……！　ヴィルマさんには悪いけど、やっぱりあの顔って悪人の顔なんだわ！」

あの顔とは、以前対峙した教主連合側の大戦将イーベルの事である。

　ヴィルキン第一博士もイーベルも、上級魔導体（ハイマナコート）と呼ばれる、造られた体を使用しているらしい。

「わたしはイーベル殿（どの）は嫌（きら）いじゃないけど？」

　自ら積極的に戦ってくれる血の気の多い性格をしており、手合わせの相手としては申し分ないのである。

「それは、クリスの価値観がおかしいだけ！」

　即座（そくざ）にそう言われてしまった。

「え～？　じゃあ僕（ぼく）の事は嫌いだって～？　ショックだなぁ、けっこう君達には親切にしたと思うんだけど？」

「いえ、判断をまだ保留しているだけですよ。親切ついでに、手合わせをお願い出来ると嬉（うれ）しいのですが？」

　そう応じると、シャルロッテとティファニエ、マクウェル達がさっと立ち上がり、ヴィルキン第一博士を護（まも）るようにイングリスとの間に立った。

「ふふ……博士は人望があるようですね？　素晴（すば）らしいです」

　ヴィルキン第一博士に手合わせを挑（いど）めば、シャルロッテもティファニエもマクウェルも付いて来る、という事だ。豪華（ごうか）でいいではないか。

「小さくなったのは背丈だけ。相変わらず生意気な子ね」

「教主連側としては、イルミナスの崩壊はヴィルキン博士が勝手にやった事であり、戦争を仕掛けたわけではないとするわけですね？　敵勢力を削りつつ、有能な人材を引き抜きつつ、教主連内部への体裁も整う。となると、教主連の中自体も一枚岩ではないのかも知れませんね？」

「……ま、そうかも知れないね～。僕としては僕のアタマを買ってくれて、楽しく研究を続けられるところならどこでもいいけどね～？　ま、これは手土産って事だね～」

「そんな身勝手な！　イルミナスの何が不満だったと言うのです⁉　父さん！」

「仕方ないんだよ、ヴィルマ～。イルミナス……っていうか、大公派そのものがジリ貧なんだからね～。沈みゆく泥船ってやつ。研究続けられなくなったら、イヤだからさ～」

「どういう事です⁉」

「寿命なんだよ、天上領としてのね～」

「……⁉」

ヴィルマはヴィルキン第一博士の発言に眉を顰める。

「このイルミナスも含めてね、大公派の本島は今から四百年以上昔の天地戦争の頃に出来上がったものさ。地上の民との最後の戦争……そこで大手柄を挙げた大戦将達に、褒美として自分専用の天上領(ハイランド)を与(あた)え、自治権を認めたんだね～。それが、三大公派のはじまりさ～」

「……それが力をつけ過ぎて、主君筋である教主連側と肩(かた)を並べるようになったと？」

イングリスの問いかけに、ヴィルキン第一博士はそうだよ～と頷(うなず)く。

天上領(ハイランド)の歴史や二つの派閥(はばつ)の成り立ちについては、初めて聞く話だ。

イングリス王が興(おこ)したシルヴェール王国の顛末(てんまつ)が、そこに隠(かく)されている可能性もある。

「そうであるように見えて、そうじゃなかったって事さ～」

「というと？」

「天上領(ハイランド)の中核(ちゅうかく)たる『浮遊魔法陣(ふゆうまほうじん)』がね～？　あれって教主連の教主様じゃないと新しく創れないんだよ～。しかも極(きわ)めて長い耐用(たいよう)年数を誇(ほこ)るけど、永続するものじゃない。『浮遊魔法陣』の寿命は天上領(ハイランド)の寿命さ。それがもうすぐだったんだよね～。僕はちょっとそれを速めただけ……みんな何とかして復旧しようとしてたけどさ、もう無駄(むだ)なんだよね。イルミナスは二度と空には戻(もど)れないよ～」

「そ、そんな！　ではイルミナスの民はどうなるのですか!?」

ヴィルマも初耳であったようで、驚いて声を上げていた。

「それが、教主様は新たな『浮遊魔法陣』を大公様方に与えるつもりはないみたいなんだよね～。一代限りの褒美だったたってわけさ。だから、三大公派は沈みゆく泥船さ。そのうち地上に墜ちて、後は散々恨みを買った地上の民に抹殺されるか、虹の雨に打たれて魔石獣になるか……まあロクなもんじゃないよね～？」

「なるほど。だからこそ三大公派は地上を懐柔するような動きを見せるのですね。いざという時は地上の国々と手を取り教主連合と争うような姿勢を見せ、本当の狙いは、その動きを懐柔しようとして、新たな『浮遊魔法陣』が下賜される事だと……」

近年になって三大公派から機甲鳥や機甲親鳥などの新装備が下賜されるようになったのは、そういう動きが根底にあったのだ。

「まあ、それは無理だと見切ったから、僕は教主様にお仕えしようかな～って、ね？　楽しく研究が続けられればいいからね～」

「なるほど……」

しかし三大公派が『浮遊魔法陣』の寿命問題を抱える沈み行く船だとは知らなかった。

こうなるとカーラリアの国が、セオドア特使をはじめとする三大公派との関係を深め、封魔騎士団を梃子に国々を纏めようとする動きは、本当に妥当なのかも疑問符が付いて来る。

頼りになる後ろ盾の方がいきなり倒れる可能性がかなりあるのだ。

三大公派の天上領(ハイランド)が地上に墜ちれば、新たな機甲鳥(フライギア)も機甲親鳥(フライギアポート)も、魔印武具(アーティファクト)ですらも、手に入れる事が出来なくなるかもしれない。

ならばカーラリアとしては、多少横暴でも初めから教主連側に付いていた方が良いのかも知れない。

「貴国は三大公派を後ろ盾と考えているようですが、それは極めて脆(もろ)い砂上の楼閣(ろうかく)かも知れぬという事です。そんなものにもたれかかるのは、果たして正しいのでしょうか？　今からでも考え直す事をお勧(すす)めいたしますが？」

マクウェルが魔印武具(アーティファクト)の片(かた)眼鏡に触(ふ)れながら、勝ち誇ったように言って来る。

「奇遇(きぐう)ですね、わたしもそんな気がしていました」

「フフ……それは賢明(けんめい)だ」

「ちょっとクリス！　あたしはそうは思わないわよ！　上の方で何か難しいことになっても、機甲鳥(フライギア)や機甲親鳥(フライギアポート)を使って、みんなで力を合わせて封魔騎士団を作って、今までより多くの人を護れるのはいい事なんだから！　あたしはそれは止めたくない！」

ラフィニアがそう言うとレオーネとリーゼロッテも頷いていた。

「うん、大丈夫(だいじょうぶ)だよ。気がしただけだから」

まあラフィニアはそう考えるだろうし、レオーネやリーゼロッテがそれに同意する事も、イングリスは構わないと思う。

「ふむ。清らかな心をお持ちだ。だが、目の前の事しか見えていない。見ようとしていない。愚直、と言うのが相応しいでしょうね」

「お子様なだけね。視野が狭いのは子供の証だわ」

マクウェルとティファニエは、小馬鹿にしたようにラフィニアを見る。

シャルロッテは何も言わず、黙ってそれを聞いていた。

「うう……！」

何か言い返してやりたいのだろうが、言葉に詰まっている様子のラフィニアだった。

イングリスはその前に、すっと立つ。

「ですが、いつの時代もそれまでの世の中を変えるのは……そういう子供っぽい愚直さを貫いた人間だと思いますよ？」

前世の自分もそうだった。

女神アリスティアの加護を受け、それを自分ではなく世の中と人々のために使おうと志し、貫き続けたつもりだが、目の前に起きる事態への対応に手一杯で、実際には多くの事が見通せていたわけではない。

それが分かるようになって来たのは、がむしゃらに走り抜けた後、立ち止まって自分の事を振り返るようになってからだ。

今はまだ、ラフィニアもレオーネもリーゼロッテも皆若い。

目の前の事に囚われるのは当然。視野も狭くて当然。それでいいのだ。

むしろマクウェルやティファニエが小馬鹿にする愚直さを、ずっと持ち続けて貫き続けた者こそが、人や世の中を変え得るのだろうとイングリスは思う。

大人になって成長して、子供の愚直さを忘れて行くと言うよりも、人間誰しも大人になって行かざるを得ない中で、如何に子供の愚直さを保ち続ける事が出来るかの勝負なのだ。

「ククッ……彼女がそうだとでも？」

「さあ？　どうでしょうか？」

イングリスにとっても、本当にどうなのか分からない。

そして本音を言えば、どちらでもいい。

どちらにせよ可愛い孫娘のようなラフィニアに寄り添って、成長を見守りながら生きて行く。自分はそれで満足だから。

「ごくごく一部の例外を除いて、そんなのは叩き潰されて消え失せるだけよ」

「ええ、そういうものなのでしょうね。わたしにとっては好都合ですが」

周囲が叩き潰そうとするならば、そこには必ず争いが生まれる。

その相手と手合わせ出来れば、イングリスは嬉しいし、ラフィニアも助かる。

つまりどちらにとっても良い事だというわけだ。

「せっかく世の中を変えるなんて言うなら、『浮遊魔法陣』を僕らにも新しく貰えるように変えておくれよ～。そうじゃなかったら、僕もこんな事しなくて済んだのにさあ～」

ヴィルキン第一博士は両手を合わせて、おねだりするようにラフィニアを見つめる。

「だったら博士が『浮遊魔法陣』を作れるようになれば良かったじゃないですか！　せっかく凄い博士なのに！」

「いや～、はっはっは。その通りだね～面目ない。これからは教主連のほうで楽しく研究を続けて、いつかはそうなれるように頑張るからね～？」

にこにことしながら、後ろ頭を掻いてみせる。

「そんな事は許しません！　父さん！　ここに残って、イルミナスの復旧に手を貸して貰います！」

「いや～、待ってよ～ヴィルマ。そうじゃなくってさぁ、むしろヴィルマが僕と一緒に来るんだよ？」

「ええ……っ!?」

「何を驚いてるのさ～？　当たり前でしょ？　これでも親子なんだから。僕は娘を見捨てたりなんかしないよ？」

「な、何をバカな事を……！　教主連がいいとか、大公派がいいとか、そんな事は関係ありません！　私はこのイルミナスを護る騎士長として私の為すべき事を為すだけです！」

　ヴィルマがそう反論すると、ヴィルキン第一博士は首を横に振る。

　いつもの場違いなくらいニコニコとした表情が、冷静な、真剣な様子に変わっていた。

「だけどその為すべき事は、ヴィルマが望んだ事じゃないはずだよ？　生まれつき体の弱かった君は、機械の身体にならなければ生きられない状態だった。そしてその体になった者は、騎士として働く事を義務付けられる……色々、辛い思いをしたはず――そうでしょ、ヴィルマ？」

「と、父さん……」

「上級魔導体を与えてあげられれば良かったけれど、それは出来なかった。技公様はそれをお許しにならなかったからね。まあ、僕の娘だけを特別扱いは出来ないって事かも知れないけどさ～。イルミナスじゃ技公様は絶対だからね～。そんなあの方が『浮遊魔法陣』を新しく手に入れるお許しが貰えなくて地に墜ちるのは、ちょっとザマァミロって感じじゃない？　だから、『浮遊魔法陣』を新造する研究には実が入らなくてね～。本気出したらどうにかなってたかもなぁ？　あははは、負け惜しみだけどね～」

段々とニコニコといつものヴィルキン第一博士に戻って行く。

「……前言撤回。あの顔でもいい人はいい人なのかも」

ラフィニアがぽつりとそう呟く。

「ふふ、ラニは忙しいね？」

「仕方ないじゃない、あの顔にいい思い出が無いんだもん」

「わたしは楽しかったけど？」

「だからそれはクリスがクリスだからそう思うだけだってば！」

そう言い合ううちに、ヴィルキン第一博士がヴィルマに手を差し伸べている。

「だから父さんと一緒に行こう、ヴィルマ。これまでよく頑張ったね、心の優しい君には辛かったはずだよ。もういいんだよ。教主連の方に行けば、上級魔導体だって与えてあげられるさ」

「ヴィルマさん……」

ラフィニアは何とも言い難い複雑な表情でヴィルマを見る。

ここでヴィルマがヴィルキン第一博士に付いて行くと言っても、ラフィニアには止められないだろう。

「父さん！　父さんの気持ちは、嬉しく思います……ですがはじめは望まぬとも、辛くとも、それを誇りに思えるようになる事もあるものです！　私はイルミナスの騎士長である事を辞めようとは思いませんっ！」

「そうか～ヴィルマも強くなったね～」

　ヴィルマの言葉を聞くと、ヴィルキン第一博士はしょんぼりとして肩を落とす。

「娘の成長は喜ばしいけど、はいそうですかとはいかないかな～？　こんな所に置いて行ったらどうなるかなんて明白だしね～」

　と、ティファニエ達三人に視線を向ける。

「君達～。申し訳ないけどあの子も連れて行ってくれるかなあ？　手間を増やしちゃうけど、可哀想な父親を助けると思ってさあ」

「……ええ、いいでしょう」

　シャルロッテは静かに頷く。

「勢い余って手足くらい潰れてしまうかも知れませんが、構いませんわよねえ？」

　ティファニエが妖しげな笑みを浮かべている。

「まあその辺は機械だから構わないよ～よろしくね～」

「彼女が操る機竜達が、街の救助に動いてしまっている……それを潰す意味でも、悪くはないでしょう」

マクウェルも反対しないようだ。

「く……！　そんな事をさせるものか！」

「クリス、ヴィルマさんを守ろう！　それにエリスさんや、マイスくんや避難(ひなん)してる天上人(ハイランダー)の人達や、ヴェネフィクのメルティナ皇女も助けなきゃ！　それにシャルロッテさんも！」

「うん分かった、ラニ。ふふ……忙しいね？」

「住民の避難施設(ひなんしせつ)はあの地下にある！　グレイフリールの石棺(せっかん)のすぐ上の階層だ！　皇女殿もグレイフリールの石棺の中にいる……！」

ヴィルマが中央研究所の方を指差す。

「という事は、ここで中央研究所を守ればいいという事ですね」

分かり易(やす)くて良い。

向こうはヴィルマを狙って来るのだから、それを迎撃(げいげき)すればいい。

「さあ、そう上手(うま)く行きますか？」

マクウェルが片眼鏡に触れながらにやりと笑う。

ドドドドドドド…………ッ！

足元に再び、揺れを感じる。

「……！」

「何……!?」

最初にイルミナスの街全体を包んだ爆発の時程ではないが、どんどんと揺れが大きくなって行くのがはっきりと分かる。

「下……!?」

「何か登ってきますわ！」

ドガアアアアアァァァァァァンッ！

近くの足元に大穴を開けて飛び出して来たのは、マクウェルの操る無貌の巨人だった。

「さっきの巨人！　クリスに吹き飛ばされた筈なのに……！」

いつの間にか大工廠の近くの海岸のあたりからその姿が消え、地面を割りながら目の前に飛び出して来た。

「なるほど形を変え地下に潜り、真下に回り込んだんですね。人が話している間に、ずるいですよ……！」

「戦場で敵と戯れる趣味はありませんのでね！　特に、怨み重なるあなたとは……！」

「そんなに怨みを買うような事をしたでしょうか？」

「自分の胸に手を当てて、聞いてみなさい……！」

まあ確かにイングリスは無貌の巨人を不意討ちしたし、マクウェルを怒らせるような会話の内容もあった。

それ以前にヴェネフィク軍だったロシュフォールやアルルを迎撃して捕らえたり、飛空戦艦を拿捕したり、必殺の策であった氷漬けの虹の王も撃退した。

そういう意味では、ヴェネフィクの将軍であるマクウェルが激怒するような内容だったかも知れない。

「まあ確かに、あなたがヴェネフィクの忠臣であり、国事を第一に考えるのならば、わたしは腹に据えかねる存在かも知れませんね」

そう言いながらマクウェルの方をよく見ると、ある事に気が付く。

マクウェルはロシュフォールと同格の特級印の持ち主。

その右手の甲には虹色に輝く魔印が見えるのだが――

それが消えたり、また現れたりを繰り返している。点滅しているのだ。

特級印がそんな状態になるのは見た事が無い。

マクウェルの片眼鏡の魔印武具は、不死者を生み出し操る能力を持つ強力なものだ。

神竜の牙や神竜の爪のような、超上級とも言える魔印武具だろう。

それが放つ妖しい不死者の気配が、マクウェルの身にまで浸食しているように見えるのである。特級印の点滅は、その証のように思えるのだ。

「いや違う……!?　あなたは一体……？」

「ククク……話している場合ではないと思いますが？」

「クリス！　足元が……！　崩れる！」

巨人が開けた大穴から大きくひび割れが走り、それが地割れになり、どんどん大きく広がって行く。

ガガガガガガガガガガガガガ……ッ！

元々爆発でかなりの損傷を負っていたイルミナスが、更に大きく破壊されて行く。

地割れによって中央付近から切り離された陸地が、どんどん海に沈んで行くのだ。

「し、島が壊れて行くわ！」

レオーネの言う通りの光景だ。

イングリス達のいる中央研究所付近の部分から切り離された陸地が、あっという間に海の藻屑となって行く。

『浮遊魔法陣』の力が弱まっているとはいえ、その力で海に浮かんでいたものが、物理的に切り離されてしまえばこの通り、沈んで行くしかないのだ。

「こ、こちらの方も傾いて行きますわよ！」

これもリーゼロッテの言う通りだ。

『浮遊魔法陣』のある中央研究所付近の陸地も、揺れながら傾いて行く。

他の部分のように一気に沈むような事は無いが、歪な形に陸地を切り取られたため、傾いてしまったのだ。

こうなってしまったら、こちらの部分もいずれ沈むかも知れない。

単にヴィルマを狙う敵達との手合わせを楽しむ、というわけには行かなくなりそうだ。

「いかん！　このままでは危険だ、住民達を避難させねば！　ここが沈めば全滅だ！」

「でもヴィルマさん！　ど、どこに避難させるんですか⁉　大工廠が沈んで、あたし達が乗って来た船も……！」

「まだあれがあるよ、大丈夫……！」

イングリスが指差す先には、イルミナスの上方の高空に浮かぶ飛空戦艦の姿がある。

それは、マクウェル達が乗ってここに乗り込んできた、アゼルスタン商会の飛空戦艦だ。

大工廠とは逆側の空に、難を逃れて待機している。

あれを奪って、住民達を避難させれば良い。

「そう簡単には、やらせませんよ！　何度も貴重な船をくれてやるわけには行きませんからね」

「……！　雲の上に逃げてく……！」

あれを押さえて奪って、住民達を乗り込ませるのは骨が折れるかも知れない。

単に撃沈するなら話は早いが、そういうわけにも行かない。

時間をかけている間に、ここが沈んでしまう可能性もある。

「機竜だ！　まず機竜に住民達を積む！　少なくともイルミナスと共に沈む事は避けられる！」

「そうか、それなら！」

ラフィニアが頷く。

先程まで街の被害を食い止めようと消火に当たっていた機竜達も、街自体の大半が沈んでしまった今では手が空いてしまっている。

それを住民の避難に回すのは、理に適っている。

あの巨体(きょたい)ならば、多数の人間を乗せて運ぶ事も可能。

先程無貌の巨人が飛び出してきた際に開けた大穴から、直接機竜を地下に潜らせる事が出来そうなのも好都合だ。

元々巨人が穴を開けなければ、まだイルミナスが無事だったであろう事を考えれば、好都合も何も無いとは思うが。

「よし機竜部隊！　あの大穴から、避難施設に向かえ！」

ヴィルマの黒い鎧(よろい)に光が浮かび上がり、機竜がその指示に従い、こちらに向かって一斉(いっせい)に飛んで来た。

そして大穴の中に飛び込んで行こうとする所を、無貌の巨人が飛び掛(か)かって捕らえようとする。

「やらせるな、巨人よ――――！」

「させません！」

――霊素殻(エーテルシエル)！

霊素(エーテル)の青白い輝きに包まれたイングリスは、明らかに一歩遅(おく)れて地を蹴(け)ったものの、機竜と無貌の巨人との間に割(わ)り込んでいた。

巨人を殴(なぐ)り飛ばして、機竜を守る！

「はああぁぁぁっ！」

振り上げた小さな握（にぎ）り拳（こぶし）はしかし、無貌の巨人には届かなかった。

黄金の斧槍（ハルバード）の柄が、イングリスの拳を阻（はば）んだのだ。


ガイイィインッ！


シャルロッテだ。

霊素殻（エーテルシエル）を発動したイングリスの動きに付いて来る。

「くっ……！　この小さな拳が、なんて重い……っ！」

「やりますね！　流石（さすが）です！」

シャルロッテの実力は素晴らしいし、喜ばしい事である。

イングリスの知る天恵武姫（ハイラル・メナス）達より、明らかに一段上の実力を持っていると感じる。

もし彼女がリーゼロッテの母親だとするならば、天恵武姫（ハイラル・メナス）化の適性というものは遺伝なのだろうか？

リーゼロッテも適性が極めて高いと言われていた。

シャルロッテも極めて高い天恵武姫（ハイラル・メナス）化の適性を持っていたのだとしたら、それがこの一段抜けた力量に繋がっているのだろうか。

だとすれば、リーゼロッテが天恵武姫化すればシャルロッテに匹敵する力になるのかも知れない。

イングリスとシャルロッテの力は相殺され、二人とも地面に着地をする。

そうすると無貌の巨人は、イングリスの脇を抜いて行ってしまう事になる。

巨人は一体の機竜の尾を掴むと、勢いよく叩きつけるように地面に引き摺り下ろした。


ドガアアァァンッ！


機竜の大きな体が地面を叩く衝撃で、足元が揺れる。

「あぁっ！　機竜が！」

しかし伸び切った無貌の巨人の腕を目がけて、巨大な黒い刃が振り下ろされる。

「えええぇぇぇぇいっ！」

レオーネの黒い大剣の魔印武具だ。

巨大化させ、巨人の腕が伸び切るところを的確に狙い澄ました一撃だ。

「レオーネ！　ナイス！」

「いいですわよ！」

「でも……！　斬れない……ッ！」

黒い刃は巨人の腕に食い込んではいるが、斬り飛ばす事は出来ていない。

捕まったままの機竜は、何とか振り解こうと地面でもがいている。

「！　そうだ……！　これならっ！」

ラフィニアが光の雨を強く引き絞る。

「レオーネ！　剣を引かずに、そのまま押し込んで！」

言いながら放った光の矢は、淡い水色の輝きを放っている。

治癒の奇蹟の効果を持つ、光の矢だ。

それがレオーネの黒い大剣の刀身を撃ち、黒い刀身に治癒の矢の水色の輝きが浸透して行く。

するとで先程よりも深く、剣の刃が巨人の腕に喰い込んで行く。

「ちぃぃいっ！　あれは治癒の力の奇蹟か！」

マクウェルが忌々し気に舌打ちする。

「不死者には、治癒の力が効くのよね⁉　あれだってそうでしょ……⁉」

「よく覚えてたね、ラニ……！　偉いよ！」

シャルロッテを相手に拳と斧槍を打ち合いながら、イングリスは声をかける。ラフィニアも着実に成長しているのだ。

「これなら斬れる……！」

「わたくしも加勢致しますわ！　やあぁぁぁぁぁっ！」

奇蹟の生む白い翼で飛び上がったリーゼロッテが、急降下しながら魔印武具の斧槍を振り下ろす。

それがレオーネの剣を後押しし、完全に無貌の巨人の腕を斬り飛ばしていた。

「「「やった……！」」」

ラフィニア達が声を上げる。

解放された機竜は身を起こし、飛び上がろうと翼を大きく広げる。

しかし次の瞬間――黄金の煌めきが機竜の首元に迫る。

バシュウウウゥゥンッ！

弾け飛ぶような衝撃で、機竜の首が胴体から切り離されてしまう。

首をもがれた機竜の体は力無くその場に倒れ、動かなくなった。

「「「あぁぁっ⁉」」」

「ふふ、残念……ぬか喜びだったわね？」

そう笑みを見せるのは、黄金の鎧を身に纏ったティファニエだ。

ティファニエの武器化した姿は、剣や槍（やり）でなく鎧だ。

鎧の天恵武姫（ハイラル・メナス）である。

元ヴェネフィク軍で今は騎士アカデミーの教官であるアルは盾（たて）の天恵武姫（ハイラル・メナス）であるし、防具になる場合もあるのだ。

この鎧を身に纏ったティファニエは、当然先程までより防御力（ぼうぎょりょく）が高く、また動きの速さや力も増している。

イングリスの霊素殻（エーテルシエル）や竜氷の鎧と同じ、身体能力を引き上げる効果も備えているのだ。

そして強化された身体能力と鎧の硬度（こうど）を以（もっ）てして、機竜の首を蹴りで叩き落としたのである。

シャルロッテと目まぐるしく矛（ほこ）を交えながら、イングリスは横目でその動きを追っていた。

いざという時は、いつでも割り込めるように。

ラフィニアが騎士として生きて行く以上、戦う事を避けては通れない。

その事は分かっているのだが、ラフィニアが特級印を持つ騎士や、天恵武姫（ハイラル・メナス）のような格上の相手と戦うのを見るのは、やはり心臓によろしくない。

どうしても心配になってしまう。

「こちらも腕を切り落とされたとて……ね」

無貌の巨人が地面に落ちた手首に両腕（りょううで）の断面を近づけると、何事も無かったかのようにくっ付き、元に戻ってしまう。

「戻っちゃった！」

「せっかく斬り落としたのに！」

「効いていませんの……!?」

あれはマクウェルが操（あやつ）ってはいるが、元は魔素流体（マナエキス）という液体だ。

斬ったり突（つ）いたりは決定的な効果を生まない。

例えば霊素弾（エーテルストライク）であるとか、神竜（しんりゅう）フフェイルベインの竜の吐息（ドラゴン・ブレス）であるとか、強大な力の奔流（ほんりゅう）で消滅（しょうめつ）させるしか無い。

ラフィニアの奇蹟（ギフト）を二種複合した治癒の矢も、一発では難しいだろうが、何十発何百発と撃ち込（こ）めば倒せるかも知れない。

「いや、だがお前達（たち）のおかげで時間は稼（かせ）げた！　まだ一体倒されただけだ！」

で行っていたのだ。

こちらの攻防が続くうちに、残りの機竜達は、無貌の巨人の開けた大穴に次々飛び込んで行く所だった。

まだ六体の機竜が無事である。その最後が、大穴に飛び込んで行く所だった。

「ここを頼む！　私は住民達の避難に向かうっ！」

言ってヴィルマは、大穴の縁から最後尾の機竜の肩へと飛び降りた。

「ラニ達も行って！　ここはわたしが食い止めるから！」

「うん……！　任せるわ、クリス！」

「二人とも、わたくしに掴まって！」

「ええ……！」

リーゼロッテがラフィニアとレオーネを連れ、ヴィルマの後を追っていく。

これで少しは、安心して手合わせを楽しむ事が出来る。

シャルロッテともティファニエともマクウェルや無貌の巨人とも、全員と手合わせをしたいし、ラフィニアが危険な相手と戦うのは出来れば避けたい。

そうなれば、この形が一番いい。

「ティファニエ、あなたは彼女等を追いなさい」

命令をされると、ティファニエは露骨に不快そうな顔をする。

シャルロッテに指図されるのは不服、と如実に物語っている。

「まあまあ、ティファニエさん。ここは仲良くして頂いて、皆さんでわたしと戦いましょう？」

イングリスはたおやかに微笑みながらティファニエを宥める。

「ふん。通さない、と言いたいのかしら？」

「さすが、ご理解が早くて助かります」

「……まあいいわ、こんな子の言う通りにするのは癪ですものね！」

どうやらイングリスの呼びかけには応じてくれなかったようで、ティファニエはラフィニア達を追って大穴に飛び込もうとする。

「させません！」


ピキイイイイィィィィインッ！


澄んだ音を立て、空中に氷塊が出現する。

大穴の中心あたりに生まれたそれは、一瞬のうちにみるみる拡大していく。

「「何……っ!?」」

そして大穴の円周を超(こ)える程に巨大化をすると、完全に蓋(ふた)となりその場に鎮座(ちんざ)する。

「ふう……！」

以前、魔石獣(ませきじゅう)化したセイリーンを氷漬けにして封(ふう)じた時以上の巨大な氷塊。

魔術(まじゅつ)でこれを生み出すには、霊素(エーテル)から変換(へんかん)した魔素(マナ)をかなり溜(た)め込む必要があるが、今のイングリスは霊素(エーテル)の戦技と魔素(マナ)による魔術、それに竜理力(ドラゴン・ロア)は同時並行的(へいこうてき)に扱う事が出来る。

魔素(マナ)と竜理力(ドラゴン・ロア)は、それらを複合させた竜魔術(りゅうまじゅつ)にする事も可能だ。

今は、シャルロッテと霊素(エーテル)の戦技である霊素殻(エーテルシエル)を発動して打ち合いながら、魔素(マナ)を溜め込んで魔術の発動に備えていたのだ。

セイリーンの時は動きを止めて集中する必要があったし、全ての力を使ってしまった。

が、今はまだ余裕(よゆう)がある。

氷の質量はあの時以上だから、明らかにイングリスの力の制御(せいぎょ)技術も持久力も、両面で増していると言える。

自分の成長を実感出来るというのは、いい事だ。

騎士アカデミーに入学するために故郷のユミルを出て以来、行く先々で様々な戦いを経験してきた結果だ。

やはり、実戦に勝る修行は無いのである。

そして、戦いとは無縁の天上領に来たと思いきや、ここでも戦火はやって来る。

恐らく、歴史における転換期が今なのだろう。

そんな時は得てして、巨大な紛争が巻き起こるものだ。

現にイルミナスは、こうして炎に包まれている。

もしかしたら女神アリスティアは、自分の力を極限まで突き詰めたいというイングリスの願いのためには、この時代が最も相応しいとして転生させてくれたのかも知れない。

――ありがたく、そして素晴らしい事ではないか。

「ふふふ……さあ、これで気兼ねなく戦えます。イルミナスが沈むとしても、まだ多少時間はありますよね？」

可愛らしく微笑むイングリスに、マクウェルが忌々しそうに舌打ちする。

「戦闘狂の異常者め！　虹の王との接触で、人格を侵食されたか⁉」

それは心外な発言である。イングリスは胸を張って堂々と抗議する。

「失礼な！　そんな事はありません、わたしは元々こういう性分です！」

「ならば余計に救い難い！」

「どうでもいいけれど、こんなものを出させるのは食い止めて頂かないと……追いかけるものも追いかけられないんですけれど？」

ティファニエはシャルロッテに向け、笑みを浮かべながら嫌味（いやみ）を言う。

「面目ありません。しかし、あれだけの攻撃（こうげき）を繰り出しながら、こんな巨大な氷塊を生む魔素（マナ）を溜め込んでいるとは……これは――」

「何であろうと、氷を砕（くだ）いてしまえばいいッ！」

マクウェルの意思を受け、無貌の巨人は大穴を塞（ふさ）ぐ氷塊に向け、拳を振り上げる。

「それも、させませんっ！」

せっかくお膳立（ぜんだ）てを整えたのだ。

そう簡単に強敵を逃がしたりはしない。

イングリスは強く地を蹴り、無貌の巨人の拳の軌道（きどう）に先回りする。

そして小さな握り拳を突き出して、巨大な拳と正面衝突（しょうとつ）させる。

ドゴオオオオォォォオッ！

巨人の拳が、内から爆発したように砕け散る。

元となった魔素流体（マナエキス）が細かい水滴（すいてき）のようになって辺りに飛び散った。

イングリスの拳の勢いの余波で、巨人の姿勢は圧されて崩れ、尻餅をつくような形になった。

巨人の拳から氷塊の蓋は守った。

だが——

「追風ッ！　雷槍ッ！」

シャルロッテが拳を繰り出したイングリスの脇腹を突こうと、すぐ真横に迫っていた。

流石、霊素殻を発動したイングリスの動きに付いて来る速さだ。

更に彼女が手にする斧槍の穂先は、バチバチと弾けるような雷に包まれている。

シャルロッテはこれまで、彼女が追風と呼ぶ強烈な風を身に纏った加速に加え、イングリスの使う超重力の魔術に似た技を繰り出して来ていた。

自分を強化しつつ、相手の動きを鈍らせるという強力な合わせ技である。

が、動きを封じる超重力の枷の効果は、霊素殻を発動したイングリスには通じない。

霊素殻自体が強力な防御壁であり、シャルロッテの枷の効果を弾いてしまうのだ。

だから霊素殻を発動したイングリスに対しては、シャルロッテの合わせ技にならない。自分を追風で強化しているだけの状態になる。

——その事をシャルロッテも分かっているのだ。

だから効果の無い技は諦（あきら）め、斧槍（ハルバード）の穂先を雷で包む攻撃力（こうげきりょく）の強化を行っている。

超重力と併用（へいよう）ではなく、別の効果に置き換（か）えた所を見ると、シャルロッテが同時に扱える技は二つという事だろうか。

いずれにせよ正しい見立てであり、適切な対応だ。

やはり、シャルロッテの力量は素晴らしい。

斧槍（ハルバード）の穂先も、拳を繰り出し無貌の巨人を弾き飛ばしたイングリスの動きの隙（すき）を確実に捉（とら）えている。

このままでは、こちらが体勢を立て直す前に、攻撃が当たる。

「捉えたっ……！」

シャルロッテもそう口に出すほどだ。

だが――

「竜理力（ドラゴン・ロア）っ！」

イングリスの小さな背中の後ろから、白く半透明（はんとうめい）の竜の尾が出現する。

神竜フフェイルベインから譲（ゆず）り受けた竜理力（ドラゴン・ロア）だ。

扱いに習熟して来た今は、もっと強く練り上げれば自分の体の一部を模して具現化する事も可能であり、その方が単純な破壊力（はかいりょく）も出る。

が、今はあえて長い竜の尾の形を残した。

今の短い手足の形を模しても、シャルロッテに上手く届かないからだ。

それに今行う事に、そこまで威力(いりょく)は関係ない。

竜理力(ドラゴン・ロア)の竜の尾は、強く撓(しな)るとシャルロッテの斧槍(ハルバード)の柄(え)を叩(たた)き、突きの軌道を僅(わず)かに狂(くる)わせる。

「……っ⁉」

今の小さいイングリスの体には、その僅かなズレで十分。

穂先はイングリスに当たらず胸の前を通過して行き、次いでシャルロッテの体も目と鼻の先を通り過ぎて行く。

シャルロッテがこちらの攻撃の隙を突いてくる事は想定内。

竜理力(ドラゴン・ロア)を使って攻撃を逸(そ)らす事は準備していた。

だから使わずにとって置いたのだ。

一対一の戦いもいいが、こうして複数相手に戦うのもいい。

こういう駆(か)け引きの複雑さを楽しめる。

そして、シャルロッテはイングリスの前をただ通過したのではない。

その先には逆方向からティファニエが迫っており、その彼女(かのじょ)と激突(げきとつ)した。

「くっ……っ！　小賢(こざか)しい！」

「女同士で抱(だ)き合う趣味なんて……！」

激突自体は、大した打撃(だげき)にはなっていない。

だが、お互(たが)いの動きが衝突し硬直(こうちょく)した隙は大きい。

「はあああぁぁっ！」


ドゴオオオォォッ！


イングリスは二人を纏めて、蹴り飛ばす。

抱き合ったままのような姿勢の二人は、弾丸(だんがん)のような勢いで吹き飛んで行く。

その真正面には、尻餅から立ち上がろうとする無貌の巨人が。

二人は巨人の胸元(むなもと)に激突し、結果的に受け止められるような形になる。

――それもまた、想定内！

「並んだ……っ！　霊素弾(エーテルストライク)！」


ズゴオオオオオオオォォォッ！

巨大な霊素(エーテル)の光弾(こうだん)が、シャルロッテ達に襲(おそ)い掛かる。

「くううううぅぅぅぅっ……！　何て強力な！」

「何とか、逸らすだけでもっ！」

流石シャルロッテは無抵抗(むていこう)で消滅したりはせず、斧槍(ハルバード)を盾に何とか受け止めようとしている。

ティファニエも今度ばかりは突っかかったりせず、それに加勢している。

そして圧される二人を身を挺(てい)して支えているのは、無貌の巨人だ。

巨人だけならば先程のように体の形自体を変えて胸に大穴を開け、霊素弾(エーテルストライク)をやり過ごす事も出来るのだろうが、今それをするとシャルロッテとティファニエは遥(はる)か彼方(かなた)に吹き飛ばされる。

踏(ふ)ん張りも利かず、今はかろうじて凌(しの)いでいる霊素弾(エーテルストライク)の直撃(ちょくげき)を浴び、最悪の場合は消滅となるかも知れない。

ただ、この程度では終わらないとイングリスは信じている。

巨人を魔印武具(アーティファクト)で操っているマクウェルは、動きを見せずに見ているままなのだ。

まだきっと、何か手を持っているに違いない。

彼からはこれだけでは終わらない、何かを感じるのだ。

手合わせの相手として、期待しているのだ。

「さあ、どうします？」

イングリスは淑やかな微笑みを、マクウェルに向けた。


「…………っ！」

マクウェルは可愛らしいはずのイングリスの微笑みに、ぞくりと背筋が寒くなるのを感じる。

可愛いのは見た目だけだ、その所業は可愛いなどとはかけ離れている。

あの笑みは、哀れな得物を前にした、獰猛な捕食者の余裕の笑みにしか見えない。

あんな幼女が、いや本人は16歳だと言っていたが、どちらにせよ可愛いだけの小娘にしか見えないそれも無印者が、何故こんな力を持っているのだ。

（何なんだ何なんだ何なんだなんなんだあああああぁぁぁあっ⁉　虹の王を倒した豪傑とは聞いていたが、そんな言葉が生ぬるい化け物だろうがこれはぁぁぁぁぁっ！　化け物は教主連が対カーラリアのために送り込んできたあの天恵武姫共だろう⁉　聞いてない聞いてない聞いてない聞いてないきいてないぞおおおおぉぉぉぉ……っ！

たった一人の人間がこんな力を持つなんて、あってはならないあってはならないあってはならないぃぃぃぃぃぃぃっ！　こんなんじゃあ、我が愛するヴェネフィクが！　こいつ一人によって滅ぼされても何の不思議もないじゃあないか！）

「そうはさせんぞ！」

ここで自分の命を懸けてでも、潰しておかねばならない相手だ。

マクウェルとしては、そう思わざるを得なかった。

それに、怨み重なるこの者は、自分の手で打ち殺さねばならない。

見た目は本質ではない、あの者の罪は、幾星霜を経ても消えないのだ。

「？　どうかなさいましたか？」

きょとんとするイングリスの背後に、何故か朧気に、気品ある老人の姿が見えた気がした。それに何か、ずっと昔からイングリスの事を恨んでいるような気もした。

このイルミナスに来てから初めて会った相手だが、どういう事なのか。

頭を振ってもう一度イングリスを見ると、もう老人の幻は見えなかった。

（いいや！　だが……！　斃すべき相手だという事は変わらない！　仮説の仮説……まだ試しもしていない行為だが！）

愛する祖国のために命を懸けるのが、騎士の道だ。それを全うするまでである。

「そんな顔をしていられるのも、今の内だッ！　見るがいい！　バカフォールなどとは違う、真のヴェネフィクの騎士の生き様をおおぉぉぉぉおっ！」

　バカフォールとはロシュフォールの事だろうか？

　ロシュフォールもマクウェルの事はあまり良く言っていなかったし、二人は仲が悪かったと思われる。

　イングリスとしては、ロシュフォールは結構好きだ。

　口では皮肉や文句をよく言うが、何だかんだとイングリスの訓練に付き合ってくれる。

　逆に、マクウェルの事も嫌いではない。

　イングリスを敵視し倒そうとしてくれるなら、それはそれで大歓迎である。

「がんばってください！」

「うるさあぁぁぁいっ！　だまれえええぇぇぇっ！」

　応援したら、血相を変えて怒られた。少々悲しい。

　ともあれ駆け出したマクウェルは巨人の足元に駆け寄ると、大きく跳躍、膝を蹴って胸のあたりまで飛び上がり、背中から巨人の胸部にぶつかり——

　ずぶり、とマクウェルの体が巨人の胸板に埋まって行った。

「……！　飲（の）み込まれて……!?」

と、同時に巨人の大きな手がシャルロッテ達を包み込む。

カッ――――――――ッ！

巨人の全身を包み込むような、眩（まばゆ）い黄金の光が立ち上る。

この輝きには、イングリスも見覚えがある。

「天恵武姫（ハイラル・メナス）の武器化の光っ!?」

マクウェルは特級印の持ち主だ。

ロシュフォールと同格の、ヴェネフィク軍の将軍である。

だから天恵武姫（ハイラル・メナス）を武器化出来るのは不思議ではない。

だが、その輝きが大き過ぎる気がする。

巨人全体を包むような膨大（ぼうだい）な光の柱なのだ。

そして輝（かがや）きの中、巨人の手に、その体の大きさに見合う超大型（ちょうおおがた）の斧槍（ハルバード）が顕現（けんげん）して行くのが目に入った。

「おおおぉぉぉ……！　巨人が、天恵武姫（ハイラル・メナス）を!?」

これは予想外の現象だ。

マクウェルはこんな事が出来るのか。

その力はどんなものになるのだろうか？

天恵武姫(ハイラル・メナス)を武器化した相手はとして、アルルを武器化したロシュフォールと戦った事があるが、それと同じくらいの手応えは期待出来るのだろうか？　楽しみで仕方がない。

そして光が収まった瞬間、巨人は手にした斧槍(ハルバード)でイングリスが放った霊素弾(エーテルストライク)を殴りつけていた。

すると霊素弾(エーテルストライク)は方向を変え、イングリスの方へと突き進(すす)んで来る。


ズゴオオオオオオォォォッ！


「いいですね……！　それでこそです！」

「ハハハハハハ！　死ね死ね死ね死ねええええええっ！」

そう高笑いするのは、巨人の胸部に埋まったマクウェルだ。

腕を除く上半身だけが浮(う)き出て、その他は完全に巨人の肉に埋まっている。

ああやって一つになる事により、自分の特級印を巨人の体で使えるという事だろうか。

なんにせよ素晴らしい発想と応用である。

「そうは行きません！」

そんなに簡単に斃されては、手合わせを楽しめないではないか。

イングリスは霊素殻（エーテルシェル）を発動し、目の前に迫って来る霊素弾（エーテルストライク）を殴りつける。

霊素（エーテル）の波長は、反発して弾き合う波長に調整。

そうする事により、弾き飛ばされた霊素弾（エーテルストライク）の方向をもう一度変える事が出来る。

ズゴオオオオオオォォッ！

「甘（あま）いわあああぁぁぁっ！」

シャルロッテが武器化した斧槍（ハルバード）を振り上げ、無貌の巨人は再び霊素弾（エーテルストライク）を打ち返して来る。

「ならば、こちらも！」

我慢（がまん）比べだ！

ズゴオオォッ！　ズゴオオォッ！　ズゴオオオオォッ！

イングリスと無貌の巨人との間を、何度も往復する霊素弾（エーテルストライク）。

ただ殴り返して返されてでは面白（おもしろ）くない、一発ごとに踏み込んで、距離（きょり）を詰めて行く。

向こうも同じ考えのようで、どんどん踏み込み距離を縮めて来る。

結果的に、霊素弾（エーテルストライク）が往復する間隔（かんかく）が、どんどん短くなって行く。


ズゴゴゴゴゴゴゴゴォッ！


「はあああああああああっ！」

「天誅（てんちゅう）うううううううううううっ！」

最終的にイングリスの拳と無貌の巨人の斧槍（ハルバード）とが、全く同時に霊素弾（エーテルストライク）を撃った。

前にも後ろにも進めない霊素弾（エーテルストライク）は、上に打ち上がり、大きく弾けて消滅した。

「やりますね！　素晴らしい手応えです！」

だが、心配事が一つある。

それは、天恵武姫（ハイラル・メナス）の武器化の代償（だいしょう）だ。

天恵武姫（ハイラル・メナス）は使い手の生命力を吸い上げ拡散し、命を蝕（むしば）む。

長い時間を戦えば、マクウェルの命は尽（つ）きるだろう。

しかし例外は存在する。

ロシュフォールがアルルを武器化した時は、ロシュフォール自身が死病に冒(おか)され、もういつ亡(な)くなってもおかしくないような、半分死人のような状況(じょうきょう)だった。

そうなると天恵武姫(ハイラル・メナス)も吸い上げる生命力が無くなり、ロシュフォールは武器化したアルルを意のままに扱(あつか)っていた。

無い袖(そで)は振れない、という事だ。

天恵武姫(ハイラル・メナス)の武器化の機能自体に、必ずしも使い手の生命力が必須(ひっす)ではない事の証明だ。

生命力が無い使い手でも機能はするのだから。

あれは天恵武姫(ハイラル・メナス)と特級印を持つ騎士が、天上領(ハイランド)に牙(きば)を剥(む)く事を抑止(よくし)するための措置(そち)だ。

天上領(ハイランド)からすれば、当然の話ではある。

自分が下賜(かし)したもので自分が倒されていては意味が無い。

とはいえ、地上最大の脅威(きょうい)である虹の王(プリズマー)に対抗(たいこう)できない程度の力であれば、地上は虹の王(プリズマー)の手によって荒廃(こうはい)してしまう。

そうすれば、地上の食料などの物資を調達できなくなり、天上領(ハイランド)の存続も脅(おど)かされる。

つまり現状が丁度いい落とし所、というわけだ。

自身が使い手たる聖騎士の命を奪(うば)ってしまう事に罪悪感を抱(かか)える、エリスやリップル達天恵武姫(ハイラル・メナス)の苦悩(くのう)は無視されているが。

いずれにせよ、目の前のマクウェルの手応えはかなりのもの。

再戦を楽しむためにも、無理はさせられない。

こうしている間にも、マクウェルの命は徐々(じょじょ)に削(けず)り取られて――

「ん……？　いや、違(ちが)う⁉」

無貌の巨人の胸元に埋もれているマクウェルをよく観察すると、生命力を吸い上げられている気配を感じないのだ。

その代わり、マクウェルと巨人が接合している部分から、蒸発するような湯気が上がっているのが見える。

これは――

「そうか、魔素流体(マナエキス)！　こんな手もあるとは……！」

マクウェルの命の代わりに、巨人の体を構成する魔素流体(マナエキス)が消費され、蒸発して行くのだ。

魔素流体(マナエキス)は、人間そのものを原材料とした禁忌(きんき)の液体だ。

そこには人間の生命力と呼ぶべきものが、まだ残っているのだ。

武器化したシャルロッテは今、そちらを消費しており、マクウェル本人には影響(えいきょう)を及(およ)ぼしていない。

つまり魔素流体(マナエキス)が残る限り、マクウェルは天恵武姫(ハイラル・メナス)の代償の影響を受けずに戦えるわけだ。

今のところ蒸気が上がるような現象が見えるだけで、巨人の体に異変は無い。

あれだけの質量であるから、魔素流体(マナエキス)も相当長持ちするだろう。

気兼ね無く戦ってよい、という事である。

魔素流体(マナエキス)は人の形と意志を失った死骸(しがい)であるため、不死者を操る奇蹟(ギフト)で意のままに操る事が出来、人の生命力の成分だけは残っているため、天恵武姫(ハイラル・メナス)に対する身代わりとする事が出来る。

マクウェルはこれらの魔素流体(マナエキス)の特性を読み切って、無貌の巨人と一つになってみせたのだ。

イングリスやあの血鉄鎖(けってつさ)旅団の黒仮面のように、神の力たる霊素(エーテル)で上から押(お)さえつけるわけではなく、人間が人間の力による創意工夫(そういくふう)で天恵武姫(ハイラル・メナス)の代償を乗り越(こ)えた結果だ。

魔素流体(マナエキス)自体が、製造過程で多くの人間を犠牲(ぎせい)とするものだという事を除けば、己(おのれ)の能力と手元にある素材を最大限に活(い)かした妙手(みょうしゅ)だ。

「見事なものです！　魔素流体(マナエキス)という物が物だけに、手放しで賞賛する事は出来ませんが

「……！」

「そんなものはいらあぁぁぁぁん！　貴様の命を寄越せえぇぇぇぇぇぇっ！」

巨大な斧槍の斧頭が、イングリスに向けて振り上げられる。

「はい、どうぞ！　出来るものならば！」

腰を落とし、両の拳をぐっと握り、それを合わせると剣を鞘から抜くような動きで、竜理力と魔素を重ね合わせる。

グオオオォォォォオ……ッ！

そして拳の間に生み出された氷の剣は、竜の牙や爪を模し、竜の唸り声を上げる。

竜魔術、竜氷剣だ。現状イングリスが独力で生み出せる、最強の武器だ。

これであの斧槍を、真っ向から受け止めてみたいのだ。

武公ジルドグリーヴァと打ち合った時は、それで武器化したエリスが損傷してしまったが、これなら人に迷惑はかけないし、何の気兼ねも無い。

「消え去れ！　失せろ！　消滅しろおおおぉぉぉぉっ！」

「はあああああぁぁぁぁっ！」

シャルロッテが変化した斧槍と、竜氷剣が真っ向からぶつかり合う。

パリイイイイィィィィイイインッ！


そして砕けたのは、こちらの竜氷剣だ。

ただの一度も受けられずに、そのまま砕け散った。

「……っ！」

上から落ちて来る斧槍の斧頭は、身を捻って何とか紙一重で回避する。だが、その攻撃が地を撃つ衝撃からは逃げられない。

イングリスの体は大きく吹き飛び、宙に舞った。

「ふふふふっ……！　凄まじい威力です！　それでこそですね！」

長持ちはしないにせよ、何合かは打ち合える事を期待して竜氷剣を繰り出したのだが、一撃持たずに粉々だった。

神竜フフェイルベインから貰った鱗で作った竜鱗の剣ならどうだっただろうか？

竜氷剣は竜鱗の剣には及ばないものの、その六、七割の強度と威力はあると見立てていたが、という事は竜鱗の剣でも暫く打ち合えば破壊されていたかもしれない。

アルルを武器化したロシュフォールと戦った時は、竜鱗の剣は全く破損する気配はなかった。つまり武器化したアルルよりシャルロッテの方が強力だ、という事だ。

シャルロッテは今までイングリスが見て来た天恵武姫達より一枚格上の天恵武姫だ。

それが武器化すれば、その威力も他とは一枚違う威力になるようだ。

嬉しそうに笑いながらも、イングリスの体は強烈な勢いで中央研究所の壁へと吹き飛んで行く。

このままでは激突する。

更に、吹き飛んだイングリスを追って巨人が突進して来ている。

「はぁっ！」

身を捻って体勢を立て直し、壁を蹴って方向を変える。

「そおおおぉぉらあああああぁぁぁぁぁぁっ！」

紙一重の差で、中央研究所の壁に巨人が振りかぶった斧槍の斧頭が叩きつけられる。

それは壁に喰い込み、そのまま突き進み、中央研究所の建物全体を斬り倒してしまった。

斬り飛ばされた上半分が崩れ落ちて、盛大な轟音と埃を巻き上げる。

「すごい……！」

巨体ゆえの、圧倒的に大規模な攻撃。

イングリスでもこの巨大な中央研究所を一撃で崩壊(ほうかい)させる事は難しいだろう。

「逃がさあぁぁぁぁぁぁんッ！」

「そんなつもりは、ありませんっ！」

そう応じながら、イングリスは自分の体を指先でなぞっている。

竜理力(ドラゴン・ロア)は、自分の体に沿って動く。

魔素(マナ)と重ね合わせるには、体の動きを合わせる必要がある。

イングリスの指が伝った部分から、竜の意匠(いしょう)の蒼(あお)い装甲(そうこう)が具現化して行く。


グオオオォォォ……ッ！


完全に具現化すると、鎧(よろい)は竜の咆哮(ほうこう)を上げる。

竜魔術、竜氷の鎧だ。

竜氷剣は一撃もたずに粉々になった。

同じ強度のこの鎧も、攻撃が当たれば砕けるだろうが、この竜魔術は霊素殻(エーテルシェル)に似た身体能力を引き上げる効果もある。

その威力自体は霊素殻(エーテルシェル)に及ばないが、重要なのは両方を同時に発動しても問題がない事

る。

である。

天恵武姫(ハイラル・メナス)を使わない独力では、この霊素殻(エーテルシエル)と竜氷の鎧の重ね掛(が)けの状態が、一番力が出

「さあ！　もう一度お願いします！」

「おおおおあああぁぁぁぁぁぁぁっ！」

再びイングリスの頭上から、巨大な斧槍(ハルバード)の斧頭が振って来る。

「はあああぁぁぁぁぁっ！」

バチイイイイイイイイインッ！

イングリスは斧頭の刃(やいば)を両手で挟(はさ)み込(こ)み、白刃取りの姿勢で受け止めた。

「ぬうううううぅぅっ!?」

巨人の胸に埋もれたマクウェルが、目を見開く。

「ふふふ……！　いい手応えです！」

一瞬でも力を抜けば、押し切られて叩き潰される。

そのくらいの強烈な手応えを感じる。

これは武公ジルドグリーヴァに匹敵するだろうか。

いずれにせよ、イングリスがこんな強敵と戦っていると知れば、彼は羨ましがるに違いない。

また再戦する時のために、この無貌の巨人はこれ以上ない相手である。

負けて彼の妻になる事を要求されてはかなわない。

こうして実戦の修行で力を高め、次は確実に勝てるようにしておかなければならない。

「ぐギギギギギ……！」

拮抗していた斧槍が、少しずつ押し戻されて行く。

武器同士のぶつかり合いはこちらの完敗だが、単純な力比べならば話は別だ。

「さあ……もっと力を出してください！　頑張りましょう！」

「ガががががッ！」

ブシュウゥゥッ！

マクウェルの周りに、一気に煙が噴き上がる。

あれはマクウェルの命の代わりに、魔素流体が消費されている証だ。

「む――――！」

少し巨人の背が縮んだだろうか？

魔素流体(マナエキス)の消費が激しいのだ。

「大丈夫(だいじょうぶ)なのですか……？」

しかしマクウェルは、にやりと笑(え)みを見せる。

「ハッ！　いらぬ世話だっ！」

シャルロッテの斧槍(ハルバード)が、眩い輝きを放った。

「……っ!?」

イングリスは膨(ふく)れ上がった輝きに、思わず目を細めた。

「子供達（たち）は救命艇（きゅうめいてい）に！　大人達は済まないが、機竜の体に直接掴（つか）まってくれ！」

ヴィルマが天上人（ハイランダー）の住民達に、そう呼びかけている。

無貌の巨人が開けた巨大な縦穴は、一般（いっぱん）住民達が避難（ひなん）していた地下施設（しせつ）のすぐ側を通っていた。

ヴィルマはそこに機竜達を横付けすると、隔壁（かくへき）を解放し、避難を呼びかけているのだった。

子供達は機竜が二体一組でそれぞれ抱えている大きな籠（かご）のような救命艇に乗り込んで行き、大人達は機竜の体に直接しがみ付いて行く。

この救命艇は機竜が内蔵していたものらしく、ここに横付けすると、腰の横あたりから放出していた。

これは機甲鳥（フライギア）のように飛んだり動いたりはできない、要はただの入れ物のようだが、それでもあると無いとでは大違（おおちが）いだ。

「騎士長さま！　ここを出て、どこへ向かうのですか⁉」

「イルミナスの周辺島か、武公様か法公様に救助して頂く……！　とにかく脱出だ！　急いでくれ！」

「は、はい！」

ヴィルマの剣幕に圧されたのか、天上人達は子供達だけでなく、大人達も素直に指示に従っていた。

皆慌てているが、大きな混乱というわけではない。

ヴィルマの人望が物凄いのか、住民達がとても素直で物分かりがいいのか。

ラフィニアには分からないが、どちらの要素もありそうである。

少なくともカーラリアの王都や、ユミルで同じような状況があったら、もっと混乱しそうな気がする。

ここの天上人達はマイスがそうであったように、気性の優しい温和な人達が多いのだろうか？

魔素流体や地上の事を知らされずに、地上の人々と穏やかな形で共存できていると信じさせられている人達だから。

「ラフィニアさん！　レオーネさん！　リーゼロッテさん！」

噂をすれば影というやつだろうか。

マイスがラフィニア達を見つけて、側にやって来る。

「マイスくん！　大丈夫だった⁉」

「う、うん、平気だよ。ねえ、これはどうなってるの⁉」

知的好奇心のとても強いマイスも、さすがに不安そうな顔をしている。

「ええと……」

ヴィルキン第一博士がイルミナスを裏切ったとか、教主連側の敵が攻めて来たとか、魔素流体の事とか、色々な事が頭に浮かんだが、どう言えばマイスを傷つけずに済むのか。

「敵よ！　敵が攻めて来て、イルミナスが危ないの！　だから避難しなきゃ！」

「ええぇっ⁉　て、敵⁉　虹の雨と魔石獣なの……⁉」

簡潔に、そう言う他は無かった。

マイスの発想としては、敵と言われればそうなるようだ。

「ううん……でも、必ずマイスくん達は守るから、だから安心して避難して！」

「さあ、あっちよマイスくん！」

「お急ぎになって！」

レオーネとリーゼロッテも、マイスを促して背中を押す。

「う、うん！　ありがとう、ラフィニアさん達は地上の人達なのに、僕等を助けてくれて……！」

「いいのよ、そんな事！　友達でしょ？」

「うん！　じゃあ、行くね……！」

言ってマイスは、機竜達の方に走って行く。

あんな屈託の無い優しい子がこんな事に巻き込まれて命を落とすのは、絶対に避けなければ。ラフィニアは強くそう思う。

「ヴィルマさん！　上の穴！　クリスが塞いじゃったみたいですけど、どうしますか⁉　壊すならあたし達が！」

見上げると大穴の天井を塞ぐように、巨大な氷塊が鎮座している。

先程突然現れたものだ。

明らかにイングリスが出したものである。

「いや、あれが敵の侵入を防いでくれている！　いい防壁代わりだ！」

「だけど、それじゃあどこから外に出るんですか？　上から出るしか……！」

「いや！」

ヴィルマの鎧が細い光を放ち、それが大穴の逆端の壁に当たる。

すると壁が大きく開き、奥に続く通路が露になった。

機竜の大きさには少々窮屈かも知れないが、一列に並べば飛んで行く事は可能だ。

「道が開いた！」

「こっちにも繋がっていたのね！」

「これなら通って外に行けるかも知れませんわ！」

「私はここで機竜に皆を乗せる！　済まないが、避難路が使えるかどうか、先を見て来て貰えるか⁉」

ヴィルマがラフィニア達にそう呼びかける。

イルミナスの島が崩壊しつつある今、避難路の先が崩落して塞がっていたり、浸水して危険だったりする可能性は高い。

確かにヴィルマの言う通り、安全確認はしておいた方がいい。

「分かりました、ヴィルマさん！」

「二人とも、わたくしに掴まって！」

「ありがとう、リーゼロッテ！」

リーゼロッテの奇蹟の翼で、三人は大穴を挟んだ向こう岸、避難路の先へと侵入して行く。

所々壁に亀裂が走っているようにも見えるが、決定的な崩落ではないように見える。

天井部分から水が漏れ始めているのか、高速で飛んで行くと、頬を水滴が打つ冷たさを感じる。

「まだ大丈夫そう……かな!?」

「油断は出来そうにないけど……ね！」

「！　見えました！　出口ですわね！」

リーゼロッテの言う通り、通路の先に夜空とそこに煌めく星の姿が見えて来た。

出口らしい出口という感じでなく、本来の避難路が途中で崩れ、先が無くなっている様子ではある。

出口のすぐ下を海波が打ちつけているのか、水飛沫が上がっているのが見える。

その先は既にイルミナスの崩壊に巻き込まれて、海中に没してしまったのだろう。

だが残ったこちら側は、逆に言うと本来の距離より短い脱出経路だ。

しかし、もう少しこちらの陸地が沈んでしまえば、一気に海水が通路に雪崩れ込んで来るだろう。今のうちに早く脱出した方がいい。

「まだ大丈夫そう！」

「でも、海面がすぐそこね！」

「戻りましょう、今ならまだ避難出来ますわ！」

リーゼロッテは反転し、来た道を戻り始めた直後——

ドガァァァンッ！

近くの壁が爆発したかのように弾け飛び、轟音が響いた。

「っ……!?」

「何!?」

「崩壊が始まりましたの!?」

だが、ラフィニア達の予想は正しくなかった。

壁に開いた大穴の先——そこから人影が現れたのだ。

その人物が、壁を破壊して侵入してきたのだ。

「あら？　見つけたわ。ふふふ……」

そう微笑むのは、黄金の鎧を身に纏った、美しい天恵武姫だ。

シャルロッテやマクウェルはイングリスが足止めしてくれているのだろうが、ティファニエはこちらに向かってしまったらしい。

「あなたは！」

「我儘なお客さんの我儘な娘さんは……住民を逃がそうとしているのね？」

ティファニエは避難路の前後を見渡し、的確にヴィルマ達がいる方を向く。

このままティファニエを進ませるわけには行かない。

ヴィルマが捕(と)らえられてしまえば、マイスや住民達の避難が出来ない。

逆にマイスや住民達が人質(ひとじち)に取られれば、ヴィルマも抵抗(ていこう)出来なくなってしまう。

どちらにせよ、ここは自分達が食い止めなければ。

「レオーネ！」

「ラフィニア……！　ええ！」

ラフィニアとレオーネは目を合わせて頷(うなず)き合う。

そして、リーゼロッテから手を放し、ティファニエの前に飛び降りた。

「ラフィニアさん！　レオーネ！」

「リーゼロッテは行って！　ヴィルマさんに伝えて！」

「ここは私達が食い止めるから！」

「……！　わかりましたわ！　すぐに戻りますから！」

リーゼロッテはラフィニア達に背を向け、ヴィルマ達の方に戻って行く。

「邪魔(じゃま)はさせないから！　ヴィルマさんは連れて行かせない！」

「ええ、ラフィニアの言う通りよ！」

ラフィニアとレオーネは、それぞれの魔印武具(アーティファクト)を構えてティファニエに向き合う。

「身の程知らずね。あの子のおまけに過ぎないあなた達が」

ティファニエは見下すような冷たい微笑を浮かべる。

「あなた達ごときで、私を止められるとでも……」

だが、レオーネの右手に視線が向くと、その余裕の笑みが少し引き締まる。

「特級印？　ふうん――」

「そうよ！　あんまり舐めてると、痛い目見るわよ！」

ラフィニアはティファニエにそう言い返す。


「ら、ラフィニア……ちょっと……」

レオーネはティファニエを挑発し返すラフィニアを制止する。

特級印を持つ聖騎士と、人の姿の天恵武姫の戦闘力は、概ね互角だと聞いた事がある。

なら自分に天恵武姫であるティファニエと互角に戦えるのかというと、今のレオーネにはまだそこまでの自信は無い。

レオンやラファエルに追いついたとは思えない。

同じ特級印を持つ者だとしても、その実力にはそれぞれ差がある。

特級印を持つからといって、いきなりレオンやラファエルを期待されても困る。

「いいのよ……！　あいつと口喧嘩するだけでも、それで時間が稼げるんだから……レオーネも何か言ってやって……！」

そう耳打ちされる。意外とラフィニアは冷静なようだった。

挑発も計算のようである。

「な、なるほど……そうね」

「でも、期待はしてるよ？　羨ましいなって思うし、特級印──」

ラフィニアは少し悪戯っぽく微笑んだ。

「！」

そうだ。

特級印を持つ聖騎士と天恵武姫との関係は、決して輝かしいばかりのものではないけれど──

それでも、騎士を目指す者が皆憧れる目標だ。

レオーネもそうだったし、イングリスは例外だとしても、ラフィニアもリーゼロッテもそれは同じなのだ。

自分はそれを与えられたのだから、いずれラフィニアやリーゼロッテもそうなる時まで、恥ずかしい姿は見せられない。

特級印に相応しい自分であるように、務め続ける姿勢を忘れてはならない。

自信が無いと怯んでいる場合ではないのだ。

「ええ、分かったわ、ラフィニア！」

レオーネはそう言って、一歩前に進み出る。

「イングリスには及ばないけど、私達だって成長するんです！　あなたの思い通りには、させません！」

「そうよそうよ！　そっちは相変わらず性格悪くて、何の成長も無さそうだけど！」

「ふふ……あなたも変わったわね？」

「？」

首を捻るラフィニア。

ティファニエはレオーネをまず指差す。

「おまけの……」

そして、次にラフィニアを指差す。

「おまけに落ちぶれたという事よね？　可哀想に」

「そ、そんな事無いもん！　そう思うなら試してみなさいよ！」

「そうさせて頂こうかしら？　あまり遊んでもいられませんし、ね！」

言ってティファニエは地を蹴り、ラフィニアとレオーネ目がけて突進してくる。

まだ甘く見ているのか、それとも焦っているからか、直線的な突進だ。

「！　ラフィニア！　一緒に……！」

「うん！　光の雨ッ！」

レオーネの黒い大剣の刀身から、幻影竜が発せられる。

ラフィニアの光の雨からは、糸を引くように拡散する無数の光の矢。

それらが一斉に、突進してくるティファニエを襲う。

しかしティファニエは、一切の動揺を見せない。

顔の前で軽く腕を交差する防御姿勢を作ったものの、速度は落とさず突進してくる。

幻影竜と光の矢はまともに直撃するが、彼女の纏う黄金の鎧がそれらを悉く弾き返してしまうのだ。

「そんなものでは、無駄撃ちね！」

あっさりとこちらの放った攻撃を突破し、肉薄してくる。

「！　効かない⁉」

「もっと強く撃たなきゃ！」

ティファニエは見ての通り、鎧の天恵武姫である。

この防御力の高さこそが、最大の武器であり脅威なのだ。

「ラフィニア！　後ろから、力を溜めて撃って！　私が食い止めるから！」

「うん……！　分かった！」

横並びだった状態を、前後に変更する。

レオーネは前に、ラフィニアは後ろに。

「やあああぁぁっ！」

レオーネは目の前にまで迫って来たティファニエに、黒い大剣の斬撃を繰り出す。

特に刀身の拡大や伸長は行わない。通常の大剣の大きさの攻撃だ。

奇蹟の効果で遠い間合いから攻撃する事は出来るが、避けられた時の隙も大きい。

今は自分の前を突破させない事が一番だ。

「大振りね……！」

しかしレオーネの縦振りの攻撃を、ティファニエは姿勢を低く、身を翻しながら回避する。

ドガッ！

空振りした黒い大剣は地面を撃ち、剣先が床に喰い込み、小さなひび割れを残す。

「隙だらけだわ！」

流れるようにレオーネの間合いに踏み込み、脇腹目がけて拳が繰り出される。

「レオーネ！」

「……っ！」

やはり天恵武姫。動きが速い――！

だが、全く見えていないわけではない。

戦闘訓練で相手をしてくれるアルルと同じくらいだろうか。

少なくとも、自分が何をされようとしているかは分かる。見える。

だから――

ティファニエの拳が直撃する寸前、レオーネの体がスッと後ろに下がる。

剣を振り下ろした、隙だらけの姿勢のまま。

まるで床が動いたような、そんな奇妙な様子にティファニエの目には映る。

「え……っ⁉」

だが目標の位置がずれてしまった以上、ティファニエの拳は空振りせざるを得ない。

「うまい……っ！」

ラフィニアが声を上げている。

離れた位置で見ていると、ティファニエの攻撃の寸前で、レオーネの黒い大剣の魔印武具の刀身が伸び、レオーネの体を後ろに運ぶのが見えたのだ。

レオーネが初撃を奇蹟の効果を使わずに放ったのは、このためだ。

わざと攻撃を外し、隙を晒す事でティファニエの攻撃を誘い、それを奇蹟の力で避ける。

そうする事によって、逆にティファニエの隙を誘うのだ。

（よし！　出来るわ……！）

レオーネは内心で強く頷く。ここに来てから、夜な夜な練習していた甲斐があった。

ちょっとした奇蹟の応用だけに見えるかも知れないが、この使い方は特級印を得る前の自分には出来なかったものだ。

よく見ると、地面に叩きつけられた黒い大剣の切先は、足元に食い込む鍬のように曲がって変形しており、しっかりと重量を支えるように仕込まれている。

これまでのレオーネの奇蹟では、刀身は拡大縮小が出来るのみで、形自体を変形させる事は出来なかった。

それが僅かながら、出来るようになった。その僅かが、この動作に効いてくるのだ。

元々奇蹟自体にはその機能があったが、レオーネの上級印の魔印との兼ね合いで、伸び縮みしか出来なかったのだろう。

それが特級印になる事により、奇蹟の全ての性能が発揮出来るようになった。特級印は全ての魔印武具を扱える万能の存在だから。

更に、刀身を伸ばす速度、精度の問題もある。

これまでのレオーネであれば、ティファニエの速度に対抗する程の勢いで刃を伸ばせば、もっと長く伸びてしまっていた。

基本的に、奇蹟による刀身の変化は、遠く、大きく伸ばそうとする程速く、近く、小さく伸ばそうとする程遅い。

総合的には、どんな変化でもほぼ同じ時間がかかる、という感じになる。

今までと同じなら、回避出来たにせよ、もっと間合いが開いていたはずだ。

だが今は、大きく攻撃を空振りしたティファニエは、レオーネの目の前を素通りして行く。紙一重。短く、速く、奇蹟を制御出来た証だ。

そして、それをする事により――

「くっ……！」

足を止めて振り返ろうとするティファニエの、その動きの隙を突く『間』がレオーネに与えられる。

「そこぉっ！」

力一杯突き出した黒い大剣の切先は、ティファニエを逃がさずに捉えていた。

脇腹の部分に当たり、鎧の装甲とぶつかる硬い感触が手に伝わる。

その瞬間、レオーネは全力、全速で奇蹟を発動させる。

「いっけえええええええっ！」

「あああぁぁぁっ⁉」

ティファニエの身は仰け反りながら、黒い大剣の切先に運ばれてあっという間に遠ざかって行く。

装甲を貫く事は出来ていないが、少なくともかなりの距離を押し下げる事は出来た。

それでいい。必ずしもティファニエを倒す事が目的ではなく、二人でここを守れればいいのだから。

「やれる……！　やれるわ！　このまま押し返して……！」

レオーネは自分の足も動かして前へ駆けて行く。

奇蹟も無限に刀身を伸ばしてくれるわけではない。

自分の足も使って、可能な限りティファニエを遠ざけるのだ。

「調子に……っ！」

しかし急に前に進まなくなる。

強い手応えと共に、レオーネの前進はガクンと止まる。

圧されていたティファニエが体勢を立て直し、刀身の先を体で抱え込むようにして、組み止めたのだ。

長く伸びた黒い大剣の刀身から伝わる手応えは、尋常なものではなかった。

「くぅ……っ!? な、何て力……!?」

虫も殺さないような、清楚で華奢な見た目なのに——

「調子に乗らないで貰えるかしらッ!」

逆にレオーネのほうの体が持ち上げられ、浮いてしまう。

そのまま横振りにされ、避難路の壁に叩きつけられそうになる。

「きゃあああぁぁっ!?」

手を放せば逃れられるが、奇蹟の効果が消えた魔印武具がティファニエの側に落ちるかも知れない。

それをあちらに拾われれば、レオーネは戦う武器を失ってしまう。

それではティファニエは止められない。

どうするか一瞬、逡巡してしまう。

「やらせないっ！」

その間に、ラフィニアが動いていた。

強く、長いあいだ引き絞った光の雨には、太く大きな一本の光の矢が番えられている。

普段は大量の光の矢を一斉に放つ事が多いラフィニアだが、それらを一つに束ね、時間を掛けて数倍化して放つ事も可能だ。

そうして放たれた極太の光の矢が、ティファニエに突っ込み体を撃った。

こちらもティファニエの鎧を貫通する程の威力は無いが、姿勢を崩し後ろに吹き飛ばす事が出来た。

「くうぅぅぅっ……！　生意気ね！」

光の矢に弾き飛ばされたティファニエは即座に跳ね起きるが、レオーネの黒い大剣の切先は手放している。

壁に叩きつけられそうだったレオーネの体は止まり、事無きを得ていた。

「ラフィニア！　ありがとう！」

「ううん、レオーネが引きつけてくれたおかげよ！　凄いわね！」

「え、ええ……！　何とかやれそうよ！　このまま、押し返しましょう！」

「うん！」

今度はこちらから、ティファニエとの間を詰めて行く。

「特級印は見せかけではない……という事かしら？　舐めていては、逆に時間も手間もかかるわね――」

「だから言ったでしょ⁉　舐めたら痛い目見るって！」

「そのようね！」

ティファニエが地を蹴り、大きく上に飛び上がる。

その跳躍力は尋常ではなく、一気に避難路の天井付近にまで接近する。

「「……！」」

「はぁっ！」

ティファニエは空中でくるんと姿勢を変えると、天井を蹴って別方向へと跳んで行く。

ラフィニア達から見て、右。

最初の跳躍から天井を蹴る勢いを足して、さらに加速している。

そして右側の壁を蹴り、左側へ。

左側からまた上、下――右へ左へ――

「……っ！」

「はやい……っ⁉」

縦横無尽に動き回るティファニエの姿に、次第に目が追い付かなくなってしまう。

戦う場所もティファニエにとって有利だったかもしれない。

この避難路の中では、天井と左右の壁がティファニエにとって絶好の足場となっている。複雑で立体的な動きを可能としているのだ。

「う、動きが追えない……っ！」

目まぐるしく視線を動かしているラフィニアが、悲鳴を上げる。

「な、何とか……っ！」

レオーネには高速で動くティファニエの姿が歪んで見えるが、何とか着地の瞬間だけは捉えられるかも知れない。

これ以上加速されれば、レオーネも追い付けなくなる。

ならば今のうちに、せめて止めるか減速させる必要がある。

「やあぁぁぁっ！」

レオーネの黒い大剣は、ティファニエの着地の瞬間に肩口を狙って繰り出したはずだった。

だが、そのティファニエの姿が歪んで消える。

刃は彼女を素通りして地面を叩いてしまう。

「消えた……っ!?」

全く捉えられなかった、という事だ。

残像が見えてしまう程に、ティファニエの動きが速いのだ。

攻撃を空振りしたという事は、直後に攻撃が来る。

レオーネは反射的に地面を叩いた刀身を伸ばし、身を後ろに運ぶ回避動作を取る。

「それでは馬鹿の一つ覚えよ？　単純ね」

囁くようなその声は、レオーネの耳元から聞こえた。

後ろに回り込んで来たティファニエが、レオーネに耳打ちしたのだ。

――完全に動きを読まれている！

「ッ!?」

直後、レオーネの視界がぐるんと一回転する。

レオーネの腕を搦め捕ったティファニエは、そのまま抱え上げて投げ、床に叩き付けたのだ。

背中に強烈な衝撃。息が詰まり、胸が苦しい。

「か……は……ッ！」

そして、見上げる視界に映るティファニエが妖艶な笑みを浮かべていた。

「ふふ……」

ティファニエの片足が上がり、黄金の具足の足の裏の部分が見える。

そしてそれが、地面に寝転がったレオーネの右腕に落ちて来た。

骨が軋む、いや折れる感覚がハッキリと分かった。

焼けるような鋭い痛みが、レオーネの身を突き抜けて行く。

「あああぁぁぁぁぁっ⁉」

思わず悲鳴が口を突いて出る。

「いいわね、可愛い声だわ」

ティファニエは満足そうな微笑みを浮かべる。

「特級印を頂くには、まだまだ未熟ね？」

「ううう……」

悔しいがティファニエの言う通りであるとレオーネ自身も思う。

少しは対抗できるかと思ったが、ティファニエが本気で戦い始めるとまるで及ばない。

レオンやラファエルなら、こんな情けない姿は晒さないだろう。

「レオーネ！」

ラフィニアが助けに入る前に、ティファニエは再び地を蹴り、高速で動き回り始める。

「っ⁉　また――――！」

ティファニエの動きを追い切れないラフィニアの側面から、ティファニエの飛び蹴りが襲い掛かる。

「きゃあああぁぁぁっ⁉」

まともに蹴りを受けてしまったラフィニアは、壁際に弾き飛ばされて叩きつけられる。

「くっ……まだッ！」

すぐに立ち上がろうとするラフィニアだが、衝撃は大きかったのか、足元はふらついている。

「……どちらかは見逃してあげましょうか？　仲良しこよしが崩壊する所って、見ていて楽しいものね？」

「ふざけないで！　誰が……！」

ラフィニアが光の雨に光の矢を番える。

「なら、嫌いな方から潰してしまおうかしら？」

ティファニエはラフィニアの方を向き、ぐっと拳を握る。

「ふふふ……あなたが死ねば、あの子どんな顔をするかしら？　それは面白そうよね？」

「怖いから、見たくないわね。そんな事になったらクリス、何するか分からないし」

「ラフィニア！」

直後、ラフィニアの姿はティファニエの視界から外れる。

レオーネが横からラフィニアを抱えて行ったからだ。

黒い大剣の刀身を伸ばしてラフィニアの元に移動し、更にティファニエから遠ざかるように。折れた右手で何とか刀身を操って移動して行く。

「レオーネ……！」

「いったん、距離を！」

「うん！　なら今のうちに治癒を！」

ラフィニアはレオーネの右手に手を触れ、治癒の奇蹟を発動する。

「ありがとう……！　楽になって行くわ」

「でも、あの速さだと攻撃が当てられないわね！　沢山矢を撃てば当たるだろうけど、それじゃ効かないし……！」

「ええ、でも試してみたい事があるわ！」

「何か奥の手があるの……!?」

「分からない。けど、イングリスの話をしていたから……あの子が言っていた事を思い出したの。竜理力と魔素は混ざり合って強くなるって！」

「ああ、最近クリスが凝(こ)ってる竜魔術(りゅうまじゅつ)ってやつでしょ？　竜理力(ドラゴン・ロア)は竜さん達(たち)の力で、魔素(マナ)はあたし達の魔印武具(アーティファクト)の力……！」

「ええ、こっちに来る前に試した時には何も起こらなかったけど、今なら……！」

根拠(こんきょ)の薄(うす)い話だが、逆に言うとそれ位しか試す手はレオーネには残されていない。

ならば、そうするしかないという事だ。

「止まるわね！」

レオーネは矢継(やつ)ぎ早(ばや)に何度も大剣の刀身を伸ばして距離を取り続けるのを止め、ティファニエを迎撃(げいげき)する姿勢に移る。

既にティファニエは縦横無尽に動き回る高速移動に移行し、レオーネとラフィニアに迫って来る。

「ラフィニア！　目晦(くら)ましでいいから、矢を大量に撃って！」

「分かった！」

ラフィニアが放った光の矢が、無数の尾(お)を引く光に分裂(ぶんれつ)し、ティファニエの方向に向かって行く。

数が多い分、しっかり狙いをつけなくてもいくつかは確実にティファニエに当たる。

が、やはり鎧(よろい)の表面を叩くだけで、ティファニエ自身には効いていない。

高速で動き回る速度は、僅かに下がったかも知れないが。

「こっちも！」

レオーネも黒い大剣の刀身から幻影竜(げんえいりゅう)を放つ。

可能な限り多く、強く。

そして幻影竜達(たち)が進む進路が、なるべく一塊(ひとかたまり)になるように。

幻影竜はこの黒い大剣の魔印武具(アーティファクト)に、竜理力(ドラゴン・ロア)が宿ったものだ。

竜殺しには竜の力が宿る――とイングリスが言っていたが、斬(き)って来た巨大(きょだい)な尾から食肉を切り出していたら力が宿ったというのが実態である。

決して格好のいい入手経路ではないが、ともあれレオーネ自身ではなく武器の方に宿った力なので、そこまで自由自在にできるものではない。

わずかに数や軌道(きどう)を調整できる、という程度だ。

動きはこちらから、合わせて行く必要がある。

「一つに……混ざれえええぇぇぇッ！」

レオーネは幻影竜を放った直後、突き進(すす)む竜理力(ドラゴン・ロア)を追いかけるように、黒い大剣の魔印武具(アーティファクト)を突き出し刀身を伸ばす。

高速で伸びる刀身は、ティファニエに着弾(ちゃくだん)する前の幻影竜に追いついた。

前に試してみた時は、刀身が幻影竜を貫いて拡散してしまっただけだったが——

今度は刀身の金属が、幻影竜に吸い付くように枝分かれをし、一つになった。

「混ざった⁉　剣（けん）と幻影竜が……！」

ラフィニアがそう声を上げる。

幻影竜は明確な実体を得て、黒い鉄の竜と化していた。

これはもう幻影竜ではなく——黒鉄竜。

竜理力（ドラゴン・ロア）と魔素（マナ）が混ざり合った結果だ。

前はこの現象が起きず、今になって起きるのは、レオーネが特級印を得る事により、黒い大剣の刀身に浸透（しんとう）する魔素（マナ）が強くなったからだ。

それが幻影竜と混ざり合って変化を起こす水準に達した、という事だ。

これまでは魔印（ルーン）の力が、強力な竜理力（ドラゴン・ロア）に追いついていなかったのである。

「やったわ……！　そのまま、行っけええええええぇぇぇっ！」

グオオオオオオォォォォォッ！

黒鉄竜のそれぞれが、甲高（かんだか）い巨大な咆哮（ほうこう）を上げティファニエに向かって行く。

「何……っ!?」

ティファニエの動きがそれまでと変わる。

迫って来る黒鉄竜から身を躱し、回避する動きを取り始めたのだ。

ラフィニアの光の矢や、レオーネの幻影竜は全く意に介さず向かって来たのに、この黒鉄竜には明らかに違う反応だ。

強固な鎧を身に纏うティファニエにとっても、無警戒に受けていい代物ではないという事だ。

その威力が幻影竜を大幅に上回っている事は明らか。

ならば当たれば、勝負になる――！

だがしかし、ティファニエの動きは速い。

回避に徹されてしまうと、黒鉄竜の突撃はティファニエを捕まえられず、通り過ぎてしまう。

「ああもう……っ！　大人しく当たりなさいよ！」

ラフィニアが声を上げる。

「そのお願いは、聞けませんね……っ！」

軽快なティファニエの動きは、黒い鉄の牙を躱し続ける。

「でも、まだっ！」

黒鉄竜は一度ティファニエに躱されても、方向を変えて切り返し、再びティファニエに向かって行ってくれる。

それは、レオーネの意思に従った動きだ。

幻影竜の動きより遥かに、自分の意思で動きを操る事が出来る。

このまま我慢比べだ。

黒鉄竜がティファニエを捉えるのが先か、レオーネが疲労して黒鉄竜が止まってしまうのが先か。

こちらはこれに賭けるしかない……！

「なるほど、そういう事ですか――」

何度も追跡してくる黒鉄竜を躱し続けるティファニエは、しかし、それほどの焦りを見せる様子は無い。

それどころかレオーネの方を見て、にやりと笑みを向けて来る。

「けれど……っ！」

「っ！」

視線が合うという事は、間に阻むものが無いという事。

回避運動と追跡が繰り返されるうちに、レオーネとティファニエの間の直線が、がら空きになってしまったのだ。

もしかしたらティファニエは、この位置関係を作ろうとして回避を続けていたのかも知れない。

「今ッ！」

地を蹴ったティファニエが、真っすぐ一直線に向かって来る。

黒鉄竜を操るレオーネを直接攻撃するつもりだ。

「レオーネ！」

ラフィニアが光の矢を放ち、ティファニエの動きを止めようとする。

だが、矢の力を溜めて収束するのは間に合っておらず、複数の通常の光の矢だ。

「無駄（むだ）ね……！」

それはティファニエの目から見ても明らかだ。あの光の矢では、ティファニエの鎧には効果が無い。

全く意に介さず、速度を緩（ゆる）めず直進してくる。

「そうかどうかは、分からないっ！」

ラフィニアがそう言うと同時に、光の矢は一斉に軌道を変える。

ティファニエに着弾する手前でがくんと下方向に折れ曲がり、墜落(ついらく)したように地面を撃つのだ。

それは何の意味も無いように見えるが、その直後——

「あっ——!?」

バランスを崩(くず)したティファニエが、その場に躓(つまず)き転倒(てんとう)した。

何も無ければ、そんな事はあり得ない。

ラフィニアの矢がティファニエの目の前の床に穴を穿(うが)ち、足元を掬(すく)ったのだ。

「よしっ……！」

ラフィニアがあえて収束させずに弱い矢を放ったのも、これを狙っていたからだろう。

ティファニエに取るに足らないと思わせて、真っすぐ突っ込(こ)んで来る動きを変えさせないためである。

自分の攻撃は効かなくとも、一瞬の足止めさえできれば——

「姑息(こそく)な手を！　よくも忌々(いまいま)しい……ッ！」

「おまけのおまけを、舐めてるからよ！」

ラフィニアは思い切り舌を出してティファニエに言い返す。

直後、ティファニエに黒鉄竜が着弾する。

ラフィニアの搦手での転倒は、致命的な隙だった。

だからこそ、それを行ったラフィニアに対して怒りを見せたのだ。

初撃の黒鉄竜はティファニエの肩口に喰らいついた。

ティファニエの黄金の鎧が軋む金属の音が響く。

一撃で鎧を食い破る程ではなかったが、ティファニエの体を引き摺り倒し、強烈に床に叩き伏せた。

「あぁぁっ……⁉」

だがその悲鳴も――


グォァアアアアアアアアアァァァッ！


続く黒鉄竜達が一斉に上げる咆哮でかき消され、聞こえなくなる。

同時にティファニエの姿も、殺到する黒鉄竜に囲まれて見えなくなった。

黒鉄竜の威力の余波が地面を削り、大きな穴を穿って行くのだけが見える。

「あれなら絶対効いてる！　凄いわ、レオーネ！」

「え、ええ……！　こんなに威力が上がるのね……」

レオーネ自身も驚(おどろ)く程だ。

これまでの幻影竜や黒い大剣の斬撃とは比べ物にならない。

明確に一段上の力――

特級印に見合う、相応しい力だという手応えがあった。

それは単純に、嬉(うれ)しい事だ。

成長できた実感がある。特級印を与えて貰(もら)ってよかった。

大切な友達であるラフィニアや、今奥(おく)にいるリーゼロッテやヴィルマやマイス達天上人(ハイランダー)の住民、皆(みな)を守れる力になれたと思う。

そう思っているうちに、ティファニエに殺到していた黒鉄竜達が囲みを解き、元の黒い大剣の魔印武具(アーティファクト)に戻(もど)って行く。

その後に残されるのは、黒鉄竜達の総攻撃(そうこうげき)を受けたティファニエだ。

地面に倒れた状態で、全く動かない。

一呼吸、二呼吸――

すぐに動けるように慎重(しんちょう)に様子を窺(うかが)うが、ティファニエが立ち上がる様子はない。

「「……」」

レオーネとラフィニアは、頷(うなず)き合うと、ティファニエの方に歩いて近づいて行く。

すると、段々詳しく様子が分かって来る。

鎧はあちこち傷ついているように見えるが、決定的に破壊されているわけではなさそうだ。

だが鎧の隙間の、ティファニエの身体が見えている部分――

頬や腕や脚の隙間からは、あちこちに傷を負い、血が滲んでいるのが見える。

決して浅くはない傷だ。

そしてピクリとも動かない。


「……か、完全に……？」


不安になって、ラフィニアはティファニエの息を確かめようとすぐ側まで近づく。

敵として戦った結果であるし、ティファニエは決して善人ではなく、カーラリアの北の国アルカードでは、リックレアの街の周辺を散々荒らしたむしろ悪人なのだが――

それでも何故か、ラフィニアはそうしていた。

ラフィニアが側にしゃがみ込んでも、ティファニエは反応を見せない。

鎧に包まれた形の良い豊かな胸に、耳をつけてみる。

天恵武姫は通常の人間より遥かに強靭で、耐久力のある肉体である。

通常の人間と同じような確認の仕方が合っているかは分からないし、そもそも鎧に阻まれて鼓動が聞けるか分からないが――

「うーん？」

「ラフィニア、どう？」

レオーネもティファニエを挟むように、側にやって来る。

「よく分かんない。意識は無いみたいだけど」

「いいえ、違いますね――！」

ティファニエが急に目を見開き、そう答えてきた。

「!?　死んだふりっ!?」

「きゃっ……！」

レオーネが声をあげたのは、ティファニエの手に足首を強く掴まれたからだ。

「認めましょう、特級印を頂くに足ると……だからッ！」

「レオーネ！」

「遅いっ！」

ティファニエの声と共に、爆発的に光が広がっていく。

それはティファニエとレオーネを包んで、姿を覆い隠してしまう。

「きゃあああぁぁぁっ⁉」

何度か、ラフィニアも見た事のある輝きだ。

「天恵武姫の武器化っ⁉」

目を開けていられない程の輝きが収まると――

ラフィニアの目の前には、黄金に輝く鎧に身を包まれたレオーネがいた。

「レオーネ！　す、すごい……！」

神々しい姿だ。武器化してレオーネと一つになる事で、先程までの鎧の傷は完全に跡形も無くなってしまったようだ。

力強く輝いて、それでいてしなやかで美しい。

思わず見惚れてしまいそうになるが、これは見惚れていい姿ではない。

その事はもう、ラフィニアには分かっている。

「レオーネ！　でもダメよ！　早く元に戻して！　天恵武姫は……！」

使用者の命を削り取り、奪ってしまう。

ラフィニアはレオーネの肩を掴んで、強く揺さぶった。

「ち、違うの……！　私の意思じゃない！　も、元に戻せないの！」

レオーネは蒼ざめた顔をして、強く首を振ってみせる。

「えぇっ⁉」

以前、アルカードでティファニエとイングリスが戦った時と同じかも知れない。

ティファニエはレオーネの意思に関わらず、無理やりレオーネに装着したのだ。

そして天恵武姫の代償で、命を削り取る――

これは明確な殺意を込めた、ティファニエの切り札とも言える攻撃なのだ。

「わ、分かったわ！　落ち着いて！　あたしが脱がせてあげるから！」

ラフィニアは黄金の鎧に手を掛け、レオーネから脱がそうと力を込める。

「くっ……うううぅぅぅ！」

全力を込めるのだが、鎧の金具は揺らがない。

まるでティファニエが強い意志で拒否しているかのようだ。

――苦戦するラフィニアの側に、飛来する影がある。

「戻りましたわ！　これは一体どうしましたの⁉」

リーゼロッテだ。いい所に戻って来てくれた。

「リーゼロッテ！　ごめん手伝って！　ティファニエがレオーネに無理やり装着してるの！　このままじゃレオーネが！　早く脱がせてあげないと！」

「えぇぇぇっ⁉　わ、分かりましたわ！　急ぎましょう！」

リーゼロッテも協力して、鎧の留め具に手を掛けるのだが――

「外れないっ！」

「ここに柄を差し込んで、梃子のようにすれば……！」

リーゼロッテが鎧の隙間に、自らの斧槍の魔印武具の石突を差し込もうとする。

しかし、その動きは阻まれてしまう。

レオーネが拳を振りかざし、リーゼロッテを殴りつけたからだ。

「あうぅっ!?　れ、レオーネ!?　何をなさいますの!?」

「ち、違うの！　体が勝手に！」

「！　これもティファニエがやらせてるって事ね！」

本当に卑劣なやり方だ。

やはりラフィニアはティファニエの事は好きになれない。

先程は少し心配して損をしたと思う。

「だけど、私が未熟だからだわ……！　だから天恵武姫を操り切れなくて……！」

悲しそうな顔をしながら、しかしレオーネは黒い大剣の魔印武具を振り翳し、ラフィニアに斬り付けて来る。

「レオーネ！」

ラフィニアとしても、一度距離を取って攻撃を回避せざるを得ない。

今のはレオーネがかなりティファニエを抑えてくれたのか、鋭い攻撃ではなかったが。

「に、逃げて、二人とも！　あ、危ないから！」

「だ、ダメよそんな、レオーネを放っておくなんてできるわけないわよ！」

「その通りですわ！」

「な、なら攻撃して止めて！　このままじゃ、何をするか……！」

ラフィニアとリーゼロッテは、顔を見合わせて頷き合う。

「わ、分かったわ！」

「少々痛くても、我慢して下さいませ！」

ラフィニアは光の弓を強く引き絞り、リーゼロッテは竜の咢の形の斧槍の先端を、レオーネへと向ける。

「「えええええいっ！」」

光の矢と竜理力の吹雪。

それが混ざり合って、黄金の鎧を纏ったレオーネへと向かう。

手加減などしていない。全力で撃った攻撃だが――

ティファニエに体を操られたレオーネが軽く腕を一振りしただけで、光の矢も吹雪も弾き返されてしまう。

「「っ⁉　あぁぁぁぁぁっ！」」

そしてそれに巻き込まれ、ラフィニアもリーゼロッテも壁まで吹き飛ばされて叩きつけられてしまう。

「ぜ、全然通じないっ！」

「こ、これが天恵武姫の武器化ですのね……」

「ラフィニア！　リーゼロッテ！　大丈夫っ⁉」

レオーネが心配そうな顔でこちらを見る。

『ふふふっ。特級印を頂くには足るけれど、未熟なのもまた事実……あなたの体と命、有意義に使わせて貰いますね？』

鎧からティファニエの声が響き、ラフィニア達の耳にも入る。

「そんな事！」

「させませんわ！」

ふらつきながら立ち上がるラフィニアとリーゼロッテ。

だがレオーネはそれに構わず、避難路を遡るように、ヴィルマがいる避難施設の方に駆け出してしまう。

もうこちらには構わず、ヴィルマを押さえにかかるつもりだ。

その動きは普段のレオーネよりも、そして先程まで戦っていたティファニエの、縦横無尽に動き回る高速移動よりも更に速い。

「は、速い！　あんなの追いつけない！」

「お、追いますわ！　掴まって！」

リーゼロッテに運んで貰い、ラフィニアもレオーネの背中を追う。

「ラフィニアさん、今のうちに矢を……！　力を溜めておいてください！」

リーゼロッテはラフィニアの両手が空くように、脇を抱えてくれる。

「う、うん……！」

だが、いくら力を溜めたとしても、今のレオーネに通じるとはとても思えない。

そもそも、ティファニエが単体の時ですら、僅かに姿勢を崩す事が出来た程度だ。

それが強制的とはいえ、特級印を持つ使い手と、天恵武姫が一つになった状態では——

今のラフィニアでは、レオーネは止められないかも知れない。

やはり特級印と上級印には明確な壁がある。

リーゼロッテもそれをするかは別として、天恵武姫化への最上級の適性という進歩の余地を残している。

自分には何があるのだろう?

セオドア特使に治癒の奇蹟を持つ光の雨を授かって以来、特に進歩がないように感じる。

もちろんラフィニアなりに一生懸命やって来たし、サボっていたわけではないのだが、
それでも──

「……っ!?」

はっと気が付いて、ラフィニアは強く首を振る。

今はそんな事を考えている場合ではない。

自分に出来る限りの事をするのだ。

先程レオーネがティファニエに黒い鉄の竜で攻撃した時は、機転を利かせて有効に手助けする事も出来た。

と、レオーネの姿がラフィニア達の視界から消えた。

避難路は先程無貌の巨人が開けた大穴に繋がっている。

そちらに出て行ってしまったのだ。

少し遅れて、ラフィニアを抱えるリーゼロッテも大穴に飛び出す。

「待て！　止めろおおぉぉぉぉっ！」

ヴィルマの大きな声が耳に入る。

「に、逃げて下さい！　お願いっ！」

レオーネの悲鳴に近い声も。

見ると、避難施設の前から大穴に飛び出した機竜の一体に、黒い大剣の魔印武具を振り下ろそうとしていた。

「い、いけませんわ！」

あそこで機竜が斬り倒されたら、抱えている避難民ごと大穴の底に墜落してしまう。

そうすれば当然無事では済まない。

そして機竜の腕のところには、マイスがラフィニアのほうを見ているのが見えた。

ダメだ。このままでは――――！

止めてあげないと、マイス達の命が失われるだけではなくなる。

いくらティファニエに体を操られ、自分の意思でなかったとしても、そんな事が起きてしまったら、レオーネは自分を責めるだろう。

きっと心に、一生消えない傷を負う。

騎士アカデミーの休暇中のアールメンの街で、不死者に襲われていた時は、自分を訪ねて来た住民達を、襲われたとはいえ手にかけてしまったと泣いていたのだ。

騎士アカデミーに入学する前は、兄のレオンが聖騎士を捨て血鉄鎖旅団に入った事で、裏切者の一族だと散々嫌がらせを受けて来たのに――

ラフィニアには分からないような苦労を沢山して来ているのに、いや、だからこそかも知れないが、レオーネは優しいのだ。

そんな優しい大事な友達に、これ以上辛い思いはさせない、させたくない。

今間に合うのは、矢を準備していた自分しかいない。

何としてでも……！　絶対に止めたい――！

「駄目ええええええっ！　レオーネ！」

極限まで研ぎ澄まされた集中力は、ラフィニアの手に異様な感触を生んでいた。

自分の体の内から、よく分からない力が湧いてくるような。

それが強く、大丈夫だと、とても強く自分を後押ししてくれるような。

これまで感じた事が無い感覚はやはり、見た目にも明確な違いとなって現れる。


バシュウウウウゥゥゥンッ！

ラフィニアの放った光の矢は、まるでイングリスが放つ霊素弾のような、青く力強い輝きを発していたのだった。

「えっ……何⁉」

自分でも分からないが、それはラフィニアの知らない程の高速でティファニエに憑依されるレオーネに迫って行く。

そして、機竜を斬り伏せる寸前で直撃をすると――

「きゃあああああぁぁぁぁっ⁉」

『ああああああああぁぁぁぁぁっ⁉』

有無を言わさない程の強烈さで、激しく黄金の鎧とレオーネを弾き飛ばし、大穴の底のほうに叩きつけた。

「す、すごいですわ、ラフィニアさん！　先程まではまるで違います！　こ、こんな事が出来ましたのね、驚きましたわ！」

「え？　えーと……？」

まるで違うのはリーゼロッテに同意するのだが、こんな事が出来るとはラフィニアも知らなかった。

一体何なのか、本当に自分がやったのか、よく分からない。

「よくやってくれた！　今のは、取り返しのつかない事になる所だった！」

ヴィルマも顔を輝かせて、ラフィニアを称賛する。

「ラフィニアさん！　ありがとう！」

機竜の抱える救命艇に乗るマイスがそう言うと――

「「ありがとう！」」

「「助かりました！　凄いお嬢さんだ……！」」

他の天上人の避難民達も、マイスに続いてラフィニアにお礼を言う。

「あ～。あははは……ど、どういたしまして――」

自分でも実感のない力なので、そんなに言われても何となく恥ずかしいが。

それはそうと、レオーネだ。

今のでどうなっただろう。ティファニエにだけうまく打撃を与えられていればいいが。

「リーゼロッテ、下に！　レオーネを！」

「ええ、分かりましたわ！」

ラフィニアが促すとリーゼロッテが頷く。

「ヴィルマさん！　今のうちに避難を……！」

「ああ分かった！　機竜全機、避難路から脱出するぞ！」

ヴィルマが機竜の一体に飛び乗り、そう指示を出した直後――

ラフィニア達の頭上、イングリスが蓋をした巨大な氷塊の向こう側に、真っ赤に膨れ上がる輝きが発生する。

「「⁉」」

ドガアアアアアアアァァァァァァァァァァァンッ！

爆音（ばくおん）が耳に入った時には、氷塊が粉々に砕（くだ）けて、大穴の中に降り注いでいた。

氷の欠片（かけら）だけでなく、吹き飛んだ地表の瓦礫（がれき）も、雨霰（あめあられ）と飛び込んで来る。

イングリスが残っている地表で、巨大な爆発（ばくはつ）が起きたのだ。

「い、いかん！　戻れ、機竜！」

機竜達は元居た避難施設の手前に戻り、何とか降り注ぐ瓦礫から身を隠す。

「レオーネを……！」

大穴の底の方に落ちたレオーネは、まだ動いていない。

このままでは振って来る瓦礫に圧し潰されかねない。

リーゼロッテは全速力の直滑降（ちょっかっこう）で、レオーネの元へと飛んで行く。

「拾い上げてください！」

「分かった！」

ラフィニアが手を伸ばし、黄金の鎧を纏ったレオーネの体を拾い上げる。

リーゼロッテが飛行方向を変えて大穴の脇の広場に滑り込んだ直後、レオーネがいた場所に大きな岩の塊が落ちた。

「ふぅ……良かった」

間一髪。拾い上げなければ、あの岩塊にレオーネが潰されていたかもしれない。

「ええ……ですが、ここは――」

リーゼロッテが周囲に目を向ける。

静謐な空気に包まれた空間だ。そして、自然の岩石が剥き出しである。

そしてラフィニアとリーゼロッテのすぐ近くに、巨大な石の箱が鎮座していた。

「グレイフリールの石棺？」

「ええ、すぐ下だと言われていましたものね」

「エリスさんや、ヴェネフィクのメルティナ皇女も中に――」

エリスが今すぐ出て来てくれたら、とても助かるし頼りになるのだが。

それにメルティナ皇女は、早く助け出してあげなければならない。


ガガガガガガガガガガガガガガガッ！

上から再び、大きな音。

大穴の逆側――外に出る避難路に通じる側が大きく崩落(ほうらく)し、大穴が更(さら)に巨大に拡張されたのだ。

そして無数の瓦礫と共に、巨大な影が降って来る。

「はハハハハハハはっ！　見たかぁ糞餓鬼(くそがき)めがあぁぁぁぁッ！」

無貌の巨人だ。

その巨体(きょたい)に見合う大きさの、黄金の斧槍(ハルバード)を携(たずさ)えている。

あれは、シャルロッテが武器化した姿なのだろうか？

そしてその胸に埋(う)まったマクウェルが、叫(さけ)び声をあげている。

「な、何あれ⁉」

「わ、分かりませんが！　禍々(まがまが)しいですわ」

リーゼロッテの言う通りだと思う。

何があったかは分からないが、何か色々と凄い姿だ。

そしてその禍々しい巨人の前に、すたん、と軽く飛び降りて来る幼い少女の姿。

「クリス！」

顔を見ると、とてもほっとする。

ラフィニアは顔を輝かせてその名を呼んだ。

「ラニ！　ごめんね、大丈夫だった⁉」

イングリスはとても心配そうな顔をして、ラフィニアに駆け寄った。

無貌の巨人が操る黄金の斧槍が巨大な爆発を放ち、大穴を塞ぐ氷塊を吹き飛ばされてしまった。

それだけで済まず、地表を吹き飛ばされて大穴が更に広がってしまった。

その威力は霊素殻と竜氷の鎧を重ね掛けしたイングリスの防御を貫き、鎧を破損させるほどだった。

腕にも擦り剥いたような傷跡が残ってしまっている。

だがそれよりも何よりも――

巨人が爆発を放つ寸前、下の方で霊素が弾けるのを感じた。

血鉄鎖旅団の黒仮面が侵入しているのかと思い、かなり肝を冷やしたが――

下に降りた瞬間ラフィニア達がいてくれたのには、正直ほっとした。

「今、何があったの？　あの黒仮面が来てたの……⁉」

「え？　ううん？　レオーネがティファニエに憑依されて操られてたのよ、それを止めるために、光の雨で光の矢を撃ったら……何か手応えが変で」

「青い強い光で、まるでイングリスさんが撃つ光みたいでしたわ」

リーゼロッテがそう証言する。

「……！　じゃあ、さっきのはラニが？」

「うん。何かあたしがあたしじゃないみたいに、凄い力だったわ」

どういう事だろう？　何故ラフィニアに霊素が。

「…………」

もしかしたら、魔印武具の暴発による幼児化からラフィニアの方が早く戻ったのも関係があったのかも知れない。

普通に考えたら、霊素を身に纏う半神半人の神騎士とラフィニアが同時に同じ効果を浴びて、イングリスの方が重い現象になるはずがない。

如何に当たり所が悪かったとは言え、それで済まされる話ではないはずだ。

だが、ラフィニアの方も潜在的に霊素を身に纏い、イングリスに及ばずとも、近い水準の魔術的抵抗力を獲得していたとしたら？

ならばそれこそ当たり所の問題で、ラフィニアの方が先に戻る事もあり得る。

では何故ラフィニアがそのような状態になったかというと——

考えられる原因は一つしかない。

自分だ。イングリスの存在の影響だ。

神竜フフェイルベインの竜理力が、彼の肉を大量に食べ続けたイングリスに宿ったように、イングリスとずっと一緒に育って来たラフィニアに、イングリスの霊素が浸透し、宿る事になったのだ。

霊素でも竜理力と同じような現象が起きるとは知らなかったが、前世を振り返ってみても、ラフィニアほど一緒に過ごして来た時間が長い存在は他にはいない。

苦楽を共にした戦友や、旗揚げの頃から長く仕えてくれた譜代の臣下は数多かったが、彼等と四六時中行動を共にし、寝る時まで一緒だったわけではない。

「そうか……ラニはずっとわたしと一緒にいたから、わたしの力が移ったのかもしれないね」

その絆の深さ、濃さが、ラフィニアにイングリスの力を分け与えたのだ。

そして、だからこそラフィニアに起ころうとしている変化に気が付かなかった。

自分の霊素が近くにあっても、それは自分の霊素だとしか思わず、疑問に感じなかったのだ。

先程イングリスが感じた強い霊素（エーテル）の発動は、イングリス自身の霊素（エーテル）にとても似ていた。

血鉄鎖旅団の黒仮面は、ずば抜（ぬ）けた霊素（エーテル）の制御（せいぎょ）技術で、イングリスと同じような性質の霊素（エーテル）を操る事も出来る。

だから黒仮面が下にいるのかとイングリスは思ったのだ。

「力が移る……？　そんな事あるんだ？」

「あるみたいだね、わたしも知らなかったけど……フフェイルベインと同じかな？　竜理力（ドラゴン・ロア）もわたし達に宿ったわけだし」

「竜さんと同じ……？　わたし、クリスの事食べてないけどね」

「ふふっ。食べてくれていいけどね？」

イングリスの知識や経験、時間、そして霊素（エーテル）――

何でも吸収して、食べてくれていい。

それが役に立つのなら結構な事だし、嬉しく思う。

可愛（かわい）い孫娘（まごむすめ）のように大切なラフィニアには、出来る事は何でもしてあげたいではないか。

それが親心、ならぬ祖父心である。

ドドドドドドドドドドドド……ッ！

とその時、遠くから響く水の音がした。

それはあっという間に近づいて来て、大穴の底に流れ込んで来る。

圧倒的な水量が、イングリス達の足元を浸して行く。

「あ……！　今ので傾いて、避難路の先が海の中に入っちゃったんだわ！」

「早くレオーネを！」

リーゼロッテがレオーネの方に飛び、引き上げようとする。

まだティファニエの鎧を身に纏ったままだが、抵抗をする様子もない。

「クリス！　このままじゃグレイフリールの石棺も沈んじゃう！　エリスさん達が！」

「うん、引き上げないと！」

持ち上げて、まだ無事な上の方に移動させなければ。

「いい事を聞いちゃったぞぉぉぉぉぉッ！　ならばあぁぁぁぁぁぁッ！」

無貌の巨人に埋もれているマクウェルが、叫び声を上げる。

「これは避けられまいいいいいイイイイッ！」

無貌の巨人は、黄金の斧槍の穂先をグレイフリールの石棺に向けて突き出した。

イングリスがグレイフリールの石棺を守ろうとするならば、避けられないと見越した動きだ。

それが分かっていても、ここは守りに入らざるを得ない。

「はあぁぁっ！」

巨大な穂先を見切って手を出し、組み止める。

「元々そんなつもりはありませんっ！」

「ふぬうぅぅぅぅっ！　馬鹿力があああぁぁぁぁっ！」

「クリス！」

「大丈夫だよ！　ラニもリーゼロッテと一緒に！」

「う、うん！」

リーゼロッテの方に走って行くラフィニア。

そのラフィニアの体が押し退けられるのと、イングリスの足元の岩肌が崩れるのは同時だった。

「……うっ!?」

踏ん張りが利かなくなり、イングリスの体は大きく傾く。

そしてラフィニアを押し退けていたのは、レオーネに装着した状態から、人間の少女の姿に戻ったティファニエだった。

イングリスの虚を突く、油断も隙も無い動きだった。

「やはりあなたが、一番の厄介者だから――悪く思わないで下さいね！」

ティファニエの蹴りがイングリスを撃つ。

それは、霊素殻と竜氷の鎧を重ね掛けしたイングリスにとっては、大きな打撃とはならない。それはティファニエも分かっていただろう。

だが足元が踏ん張れない分、体は大きく弾き飛ばされていた。

「――！」

すぐ背後に、グレイフリールの石棺が迫る。

神々の遺物に対して少々不敬だが、これを足場にさせてもらい、立て直す！

そう思って身を翻し、小さな足を石棺の壁に突き出した瞬間――

「ヴィルキン博士ッ！」

「今ですッ！」

シャルロッテもいつの間にか黄金の斧槍から元に戻り、声を上げている。

「やれえええええええエェッ！」

そのマクウェルの視線の先には、いつの間にか無貌の巨人の肩の上に姿を現した、ヴィルキン第一博士の姿が。

「はいはいは～い。んじゃ、オープン～～♪」

ぱちんと指を弾くと、イングリスが足を着こうとしていた石壁が消失し、内部への穴が開く。

「「あっ……!?」」

イングリスも急には止まれない。

そのまま、小さな体がグレイフリールの石棺の中に飛び込んで行く。

そして外に飛び出してくる前に、音も無く石棺の出入り口は閉じてしまった。

イングリスは中に閉じ込められてしまった形になる。

「クリスっ!?　クリス――――！」

「た、確か……一度入り口が閉じると、中からは開けられないと!?」

だがそれはヴィルキン第一博士の言っていた事だから、イングリスならそんな事関係無しに、飛び出して来てくれるかもしれないが――

だからと言って黙っているわけには行かない。

「開けて！　クリスを出して下さい！　ヴィルキン博士！」

そう呼びかけるラフィニアを、ティファニエが蹴り飛ばす。

「あぁぁぁぁ……っ!?」

「黙っていて下さるかしら？　あなたの相手をしている時間はありませんから、ね？」

「う、ううぅっ！　どいてよ！　あなたと話してない！　クリスが！」

　さらに間の悪い事に――崩れたイングリスの足元の岩盤の亀裂が、グレイフリールの石棺が安置されている広場全体に広がり始める。

　そして壁のあちこちから、海水が流れ込み始めて行く。

　あっという間にラフィニアの膝上くらいまで海水が浸食して来た。

「ハハハハハ！　ようし、止めだあああぁぁァァ！」


　ドゴオオオオォォォォンッ！


　無貌の巨人が、グレイフリールの石棺の足元の岩盤を殴りつける。

　それが決定打となり、岩盤が完全に崩壊した。

　グレイフリールの石棺は大きく傾ぎながら、海中に姿を消して行く。

「海の藻屑となって消えろおおォォオオオオッ！」

　マクウェルの満足そうな高笑いが響く。

「う、ウソ!?　ウソウソウソウソウソ……！　ダメよそんな！　待っててクリス！　あたしが助けてあげるから！」

ラフィニアはイングリスを追って、海に飛び込もうとしてしまう。

「いけません！　ラフィニアさん！」

それを止めたのは、リーゼロッテだった。

海に飛び込んだ直後のラフィニアの体を掴み、奇蹟の白い翼の力で引っ張り上げた。

「り、リーゼロッテ!?　どうして止めるの!?　クリスが……！　急がないとクリスが沈んじゃう！」

「れ、冷静になって下さい！　何の準備も無しに後を追って飛び込んでも、今度はあなたが……！」

リーゼロッテとしても、目にいっぱいの涙を溜めているラフィニアを無理に引き留めるのは心苦しかった。

何かとても悪い事をしている気がするが、止めずにラフィニアを行かせて、どうにかなるとは思えなかった。むしろラフィニアの身が危ない。

イングリスはリーゼロッテの知る常識を遥かに飛び越えて行くような存在だ。

もしかしたら、平気な顔をして戻ってくるかもしれない。

その時にラフィニアがイングリスを追って海の藻屑になっていたら、喜ぶものも喜べない。

グレイフリールの石棺は真っ逆さまに、海底の奥深くへと沈んで行く。

石棺が通り過ぎて行く横には、複雑な文様の光の塊が見えた。

あれが、天上領の根本を支える『浮遊魔法陣』なのだろうか？

『浮遊魔法陣』は遠ざかって行かない所を見ると、こちらの陸地はまだ浮力を保てそうだ。

しかしグレイフリールの石棺の方は、絶望的な深さまであっという間に沈んで行く。

透明度の高い美しい海水だからこそ、その様子がはっきりと見えてしまう。

「あぁぁぁ……！　クリス！　クリスうううぅぅぅぅぅぅっ！」

涙を流して暴れるラフィニアを、リーゼロッテは心を鬼にして押さえつけ続ける。

一方で、逆の手に抱えているレオーネはまだ意識を取り戻さない。

「は――っはははははは！　愛・国・心ッッッ！　最後は世のため人のために戦う者が勝つのだよ！　それこそがこの世の摂理だぁぁぁっ！」

「やれやれ……全く賛同出来ませんし、少し声が大き過ぎますね」

満足そうなマクウェルと、うんざりした様子のティファニエ。

「ですが、エリスお姉様もあの中に……もう、お休みになった方がいいわ。あの子はいい人身御供でしょう」

そして、どこか遠い目をするティファニエは、ほんの少しだけ物悲しそうにも見える。

何も言わないが、シャルロッテも健在だ。

「くっ……！」

こんな強大な敵を相手に、こちらはこんな状態で、一体どうすれば？

リーゼロッテは内心、絶望的な気持ちになってしまう。

「降伏を勧告します。ヴィルキン第一博士のご息女が大人しく我々に付き従うのならば、これ以上の攻撃は致しません」

無貌の巨人の肩に乗るシャルロッテが、そう宣言をした。

「その提案を、受け入れよう――ただし、希望者は私と同行する事を認めて欲しい」

ヴィルマの返答に対して、リーゼロッテとしては異を唱える事が出来なかった。

第3章 ◆ 16歳のイングリス　絶海の天上領　その8

「しまった――――っ！」

真っ黒な昏(くら)い空間の中に飛び込んだイングリスは、地に足が着くと即座(そくざ)に蹴り返し、グレイフリールの石棺に開いた穴から飛び出そうとする。

だが切り返すイングリスのすぐ目の前で、音も無く壁に開いた穴が消失してしまう。

「うっ……!?」

結果イングリスの体は、元々壁と穴があった地点を通り抜け、遥か遠くまで跳躍(ちょうやく)してしまう。完全に別空間に隔離(かくり)された証だ。

「ちょっとまずい、かな？」

狭間(はざま)の岩戸、もといグレイフリールの石棺は、神やそれに準じる神騎士(ディバインナイト)だけが外から扉(とびら)を開く事が出来、中からは開けられないのだ。

時間の流れも、空間も、外との繋がりが断(た)たれた別空間であり、内側からはその繋がりを元に戻す事が出来ないのだろう。

外から扉を開いた時にのみ、その繋がりが復元されるのだ。

だから如何に霊素を以てしても……

「霊素弾ッ！」

ズゴオオオオオオオォォォッ！

唸りを上げる霊素の塊はしかし、何にも当たらずに遠くへ飛んで行き、消え去ってしまう。

これでは何を破壊していいのか、分からない。

「……うーん」

早く戻らないと、ラフィニアは心配するだろう。

可愛い孫娘に心配をかけるのは、保護者としては避けたい所だ。

まだティファニエやマクウェルにシャルロッテも外におり、ラフィニアがどうなってしまうかも心配だ。

幸いな事に、こちらでの時間の流れとあちらでの時間の流れは全く違うため、この中で多少時間を取られても、あちら側にとっては少しの時間で戻る事は出来るが。

考えているうちにふと、イングリスの横を通って行く人影があった。

水色がかった優しい色合いの銀髪をした、気品のある美しい顔立ちをした少女だ。

不安そうに周囲をキョロキョロと、見回しているように見える。

「ヴェネフィクのメルティナ皇女……!?」

イングリスが呼び止めようとすると、差し出した手がメルティナ皇女を素通りしてしまう。実体の無い、幻だった。

「空間の記憶……?」

そういえば前世のイングリス王が狭間の岩戸で修行をしていた際も、同じようなものを見た。

その時に見えたのは勿論このメルティナ皇女ではないが、イングリス王の前に狭間の岩戸に入っていた修行者の姿だった。

自分以外に何も無い単調な修行の日々には、その光景も気晴らしになったものだ。

つまりこれは、この空間が記憶している過去の光景という事だ。

そしてメルティナ皇女のすぐ近くに、もう一人別の人影が現れる。

「エリスさん……」

時間的にはメルティナ皇女の前にエリスがここに入っていたから、そうなるのだろう。

エリスは不安そうな様子も無く前を見据え、しっかりとした足取りで進んで行く。

凛とした美しい姿だ。メルティナ皇女の様子とは対照的である。

エリスの場合は一度目ではないし、覚悟が違うのだ。

イングリスは空間の記憶に映るエリスとメルティナ皇女が歩いて行く方向に、自分も付いて行く事にした。

暫く何も無い黒い空間を進み、そして――

見えてきたのは、うっすらと輝きを放つ高い柱、いや円筒状の装置だった。

それが二つ、並んでいるのが見える。

中央部分は透明な硝子のような素材で、中には何かの液体が満たされ、そしてその中に人間の女性の姿がある。

「これが天恵武姫？　しかしこれは……!?」

装置自体には、驚きは無い。

中にそういうものがあるのは当然だ。

ここは天恵武姫の製造施設であるグレイフリールの石棺なのだから。

問題は、装置の中にいる人物だ。

横並びの装置の内の片方には――

「システィアさん……」

紅い長い髪に、意志の強そうな眼差し。

血鉄鎖旅団の天恵武姫（ハイラル・メナス）、システィアだ。

しかしそれも、必ずしも驚くべき事ではない。

システィアは天恵武姫（ハイラル・メナス）なのだから、必ずどこかで造られているはず。

それがここ、イルミナスのグレイフリールの石棺だったという事だ。

それが空間の記憶に残っていても、不思議ではない。

だが問題はその隣（となり）の装置だ。

イングリスが全く想像しなかった人物が、そこにいた。

「ユ、ユア先輩（せんぱい）⁉」

間違（まちが）いない、ユアだ。

どうしてこんな所に？

ユアは天恵武姫（ハイラル・メナス）だったという事だろうか？

だが本人にそれを感じさせるような言動は無いし、イングリスがユアの近くにいる時も、天恵武姫（ハイラル・メナス）の気配は感じなかった。

あの強さそのものは、天恵武姫（ハイラル・メナス）だと言われても納得（なっとく）するが。

そもそも何故（なぜ）、ここで天恵武姫（ハイラル・メナス）化の処置を受けていたユアが騎士（きし）アカデミーの先輩になっているのか。

それを言うならシスティアもそうだ。イルミナスが造った天恵武姫（ハイラル・メナス）が、なぜ反天上人（ハイランダー）組織の血鉄鎖旅団に？

それはやはり、彼女（かのじょ）が心酔（しんすい）している様子の血鉄鎖旅団の首領、黒仮面が関係しているのだろうか――

「！」

と、その時。突如（とつじょ）イングリスの頭上の壁が崩壊し、音も無く瓦礫が降って来た。

外と空間が繋（つな）がった？

何があったかは分からないが、脱出する好機だ。

「いや、これも幻……！」

手で払（はら）い除（の）けようとした瓦礫が、イングリスの手をすり抜けるのだ。

つまりこれ自体が空間の記憶であり、過去の出来事だ。

エリスとヴェネフィクのメルティナ皇女がグレイフリールの石棺に入る以前、ユアもシスティアもここにいたという事である。

そして、その時に外部から石棺の壁が破壊された。

瓦礫の中から、立ち上がる人物の後姿が見える。

外部から石棺の壁を破壊した人物だろう。

後姿しか見えないが、男性の青年のようだ。

こんな事が出来るのは、神か半神半人の神騎士だろう。

となると後姿しか見えないこの人物は、血鉄鎖旅団の黒仮面かも知れない。

これは、黒仮面がシスティアと出会う瞬間を見ているのだろうか。

そしてその場にはユアもいて、それが何故、騎士アカデミーにという疑問は晴れない。

そんなイングリスの疑問に答えるように、空間の記憶は続く光景を映し出す。

黒仮面と思しき人物はグレイフリールの石棺の上部を貫いて侵入して来たが、勢いはそれでは止まらず、床も破壊していたのだ。

グレイフリールの石棺、もとい狭間の岩戸は内部から破壊する事は出来ないが、外に穴が開いている状態は物理的に外と繋がっている状態であり、衝撃で破壊する事も出来る。

そして破壊された足元の壁にも穴が開き――

その場所は、ユアが入っている装置の目の前だった。

装置が大きく傾ぎ、穴に落ちて行ってしまう。

「落ちた⁉」

青年も驚いたように、穴の外を見つめている。

外の様子は、イングリスの目にも入る。

すぐに空と、そして遠く離れた陸地。

当時はグレイフリールの石棺が今とは違う場所に配置されていたのかも知れない。

そして、遠い陸地の方に、虹色の輝きのようなものが小さく見える。

「あれは……？　地上に虹の王がいる？」

ユアは黒仮面がグレイフリールの石棺を破壊するのに巻き込まれ、虹の王の目の前に落ちて行ったのだろうか？

その後どうなって、騎士アカデミーに入る事になったのだろう？

本人は天恵武姫の事や、天恵武姫化の処置を受ける以前の事を何も覚えていなさそうだったが。

あの普段の様子が素ではなく演技だとしたら相当な役者だが、流石にそれはないだろうと思う。

「となると、記憶が？」

シャルロッテは、リーゼロッテの事を何も覚えていないような様子だった。

天恵武姫化によって記憶を失う事もある、という事なのだろうか？　それが意図的なものなのか、偶発的なものなのかは分からないが。

ならばユアも、全ての記憶を失ってイルミナスから落ち、その時の衝撃で天恵武姫化が中途半端(ちゅうとはんぱ)なまま目覚め、そして巡(めぐ)り巡って騎士アカデミーに入る事になった、と――

彼女の気配や、虹の王(プリズマー)の力を吸収してしまっているような特性から、天恵武姫(ハイラル・メナス)化が真っ当に終了(しゅうりょう)していない事は確実だ。

巡り巡って、の部分は聞けば答えてくれるかも知れない。

ユアの普段の様子では、ちゃんと覚えているかは、妖(あや)しいが。

ともあれ騎士アカデミーに戻ったら話を聞いてみよう。

「戻れたら、になるかも知れないけど」

いつの間にか、空間の記憶は消えて、エリスやメルティナ皇女、ユアやシスティアや黒仮面と思しき青年の後姿も、何も見えなくなっていた。

「では、始めましょうか……！」

戻るための努力、試みを――

イングリスはたった一人、昏い空間の中で身構えた。

「ごちそうさま――」

ラフィニアが、綺麗に骨だけになった魚をお皿に戻す。

「も、もういいの？　ラフィニア」

「まだ一人分しか食べていませんわよ？」

レオーネとリーゼロッテが、心配そうな顔をする。

いつものラフィニアの食べる量からすると、不自然なくらい少ないのだ。

あれから、もう五日が経つ。

シャルロッテの降伏勧告をヴィルマが受け入れ、ヴィルマは教主連側に去るヴィルキン第一博士に連れられて、イルミナスを後にする事になった。

その際、降伏の条件として彼女が申し入れていたように、ヴィルマ以外の天上人達も、望む者は教主連側に同行する事が許可された。

そこで、マイス達避難民の選択として、約七割が教主連に向かう事になり、残りの三割が崩壊したイルミナスに残る事になった。

ラフィニアとレオーネとリーゼロッテも、残りの三割の人々と行動を共にしている。

現状、残る陸地は中央研究所周辺のごく一部で、地下部分はほとんど水没。

中央研究所の建物自体も半分以上が斬り倒されて、無くなってしまったが、何とか風雨を凌ぐ事は出来た。

食料は今皆で食べているように、周囲の海で獲れる魚だ。

そうして凌ぎながら、同じ三大公派の勢力の救助を待つのだ。

セオドア特使に連絡がつくのなら、カーラリア本国に救助を要請してもいい。

「ちょっとお魚ばっかり食べるのにも飽きて来ちゃったから……今日はこのくらいでいいかな。あ、あたしちょっと散歩してくるわね」

そう言ってラフィニアは、中央研究所の建物から出て行ってしまう。

「え、ええ……行ってらっしゃい」

「気を付けて下さいね」

「うん、大丈夫よ」

その微笑みにも、いつものラフィニアの溌溂とした活力が無い。

少なくともレオーネとリーゼロッテには、そうとしか見えなかった。

食べる量がいつもより大分少ないのも、魚に飽きたからだけではないはずだ。

「……食べるだけじゃなく、夜もあまり眠れてないみたい」

普段はよく食べて、よく寝るという言葉がぴったりと当て嵌まるラフィニアにしては、異常な事態である。

「仕方がありませんわ」

「ええ、そうよね――」

ラフィニアの気持ちは、レオーネもリーゼロッテも理解しているつもりだ。

言葉だけの理解だけでなく、実感も出来ている。

なぜなら自分達も、辛いから。

最初は『イングリスならば』という感覚もあったが、流石にこれだけの日数が経つと、もう――生存の可能性を信じる気持ちがどんどん挫けて行くのが分かる。

ラフィニアの前で自分が泣く事なんて出来ないが、レオーネもリーゼロッテも、一人になれた時に涙を流した事は、一度や二度ではない。

イングリスはどんな状況下でも間や空気を読まずに強敵と手合わせしたがり、その結果自分が強くなる事しか考えない異様な性格だが、その実力や言動は、逆に言うと頼もしかった。

どんな絶望的な状況も、イングリスがいれば、経緯はともあれ最終的には何とかなるような気がしていた。

そしてそれだけの、レオーネやリーゼロッテから見ると異常な強さを誇っているのに、偉ぶるようなところは一切無く、ラフィニアだけでなくレオーネやリーゼロッテや周囲の人々にも優しかった。

戦いの事しか興味がない素振り（そぶり）だが、時々何でこんな事を思いつくんだろうと思うような、含蓄（がんちく）のある事を言い出したりもする。

自分達（たち）よりずっと年上の、大人の包容力を持っていると言えばいいのだろうか。

なぜそうなのかは分からないが、いてくれるととても安心出来る存在だった。

それを失った気持ち――

自分達でこれだけ辛いなら、生まれた頃から一緒にいるラフィニアの気持ちは想像を絶する。

だから一人になりたがるラフィニアを止める事は出来ないし、見守る事しか出来ない。

きっとラフィニアも、一人になって泣きたいのだ。

その姿を見せないように、レオーネやリーゼロッテに気を遣（つか）ってくれているのだろう。

「結局何も出来なかったわ。イングリスもエリス様も失って、イルミナスもこんな状態で……」

「ヴィルマさんに助けられましたわね……感謝をしませんと」

状況的にはほぼ負けていたと言わざるを得ない。

ヴィルマが降伏を受け入れて、他の者達の身の安全を要求してくれなければ、残った天上人（ハイランダー）達の住民や、リーゼロッテ達もどうなっていたか分からない。

そしてそもそれも、降伏を提案したシャルロッテの温情があってのものだ。

あの状況なら、シャルロッテ達は力ずくでヴィルマを拉致し、他の者達を殲滅する事も出来た。

恐らくマクウェルやティファニエだけが指揮官なら、そうしていたに違いない。

マクウェルはカーラリアの目下の敵国であるヴェネフィクの将軍であるし、ティファニエは以前北のアルカードで退けた事のある敵だ。

ヴェネフィクの将軍としてはカーラリアの戦力を少しでも削ぐ事が望ましいし、ティファニエもこちらへの恨みがある。

シャルロッテが彼等を抑えてくれたがゆえの、今の状況でもある。

ヴィルキン第一博士も、シャルロッテの提案を止めなかった。

ああ見えてヴィルマの事は第一に心配していた様子だから、素直に従ってくれてほっとした様子でもあった。

そしてシャルロッテはイルミナスを去る前、リーゼロッテに対しても「おまえは、どうしますか？」と尋ねていた。

レオーネはまだ気を失っていたし、ラフィニアは取り乱していたから、あまり覚えていないだろうが――

要は自分と一緒に来ないか、という誘いなのだが、リーゼロッテとしてはラフィニアやレオーネを見捨てるわけには当然いかないし、帰る場所もカーラリアにある。

だから一緒には行けないと断ったのだが、リーゼロッテの返答を聞き少し残念そうにしているシャルロッテを見ると、やはり他人のような気がしなかった。

その名といい、容姿といい――

そしてリーゼロッテを殺さずに済むようにヴィルマに降伏を勧告する温情を見せ、自分の元に連れ帰ろうと、声もかけてくれた。

シャルロッテの振る舞いは、リーゼロッテとしてはそのように感じられる。

そこに、母の愛のようなものを見てしまう。見たくなってしまう。

ともかく無事に帰って、この事を父であるアールシア公爵に報告し、話を聞いてみなければ。

そしてもしシャルロッテが自分の母親のシャルロッテならば、父にも会わせてあげたいと思う。もし家族三人で再会を喜び合う事が出来る日が来れば、言う事は無い。

「とにかく無事に帰らなきゃ……この事を報告出来る人もいなくなるわ」

レオーネの言葉には、リーゼロッテも全くの同感だ。

「ええ、そうですわね……とはいえ、わたくし達に出来る事が少ないのが心苦しいですが」

他の三大公派への救助要請も、カーラリア本国への連絡も、それはレオーネやリーゼロッテの力で出来るものではない。

ここ数日、マイスや他の残留組の天上人(ハイランダー)達が、中央研究所の連絡の機能を何とか復旧出来ないか試みているのだが、それを待っている状態だ。

こちらは一応、カーラリアから持って来た星のお姫様(スター・プリンセス)号だけは無事だが、残っているマイス達を見捨てて自分達だけが逃(に)げるという選択肢(せんたくし)は無い。

そもそも、ここは大海原(おおうなばら)の真ん中で、今のイルミナスは絶海の孤島(ことう)だ。

ここから機甲鳥(フライギア)だけでカーラリアまで帰れるとは思えない。

虹の雨(プリズムフロウ)や魔石獣(ませきじゅう)から、残った天上人(ハイランダー)達を守る事、それに周囲の海から皆の食料となる魚を獲って来るのがここ最近の三人の役割だった。

マイス達天上人(ハイランダー)の住民は、魔印武具(アーティファクト)を使わずともそれに似た力、魔術(まじゅつ)を操(あやつ)る事が出来るようなのだが、とにかく穏(おだ)やかな性質をしており、全く戦い慣れていない様子だった。

魔石獣と戦う事には強い恐怖感(きょうふ)があるようで、護衛役としての三人はとても有難(ありがた)がられ、感謝もされている状態だった。

都市防衛は騎士長だったヴィルマや他の騎士達(きしたち)が操る機竜(きりゅう)が主力であり、それに頼(たよ)り切っていたのだ。

ヴィルマはヴィルキン博士に従って去って行く時に、機竜をそのまま残して行ったが、それを天上人(ハイランダー)の騎士以外が操作する緊急用(きんきゅう)の制御(せいぎょ)の機能も復旧出来ておらず、今の機竜は中央研究所の前に並ぶ大きな置物と化している。

「とにかく、ラフィニアの分まで沢山(たくさん)食べておきましょ！　明日も漁で忙(いそが)しいから、体力をつけておかないと！」

言ってレオーネは、新しく焼き魚の串(くし)を取り上げる。

現実的には、レオーネの言うくらいしか無いかも知れない。

「そうですわね。出来る事をしないと、ですわね」

リーゼロッテも微笑みながら、新しい魚の串を取り上げる。

そして二人で、頑張(がんば)って魚を食べ進めて行った。

「しかし、遠征(えんせい)に出るといつも食べる物が偏(かたよ)りますわ」

ラフィニアではないが、三食魚ばかりは流石に飽きる。

以前北のアルカードに遠征をした時は、竜の肉ばかりを食べる生活になったが、あれはあれで流石に飽きてしまったものだ。肉ばかりの次は魚ばかりだ。

「ま、まあ、竜の肉ばかりよりは、太らなくて済むわ。きっと……」

アルカード遠征で肉ばかりの食生活だった時は、レオーネもリーゼロッテも少々太ってしまった。

気付いたら、服が少しきつくなっていて――二人で悲鳴を上げたものだ。

イングリスとラフィニアはレオーネとリーゼロッテの何倍も食べて食べて食べまくっているのに、全く太らないのは何故か。あれは本当にずるいと思う。

「そういえば、今回はまだ大丈夫ですわよね？」

と、リーゼロッテは少々不安になる。

「ど、どうかしら？　いつもと服が違うから」

ここへ来る時は、騎士アカデミーの制服を着て来たのだが、途中でイルミナスに滞在するための儀式衣に着替えている。

これはゆったりしてあまり締め付けの無い服なので、自分が太っていたとしても気づかない。

「「……」」

急に不安になって来た。

確かめるためには――

「……レオーネ、少しあちらを向いていて下さる？」

「じゃあリーゼロッテはそっちね？」

お互い相手を見ないようにして、儀式衣の上をそっと脱ぐ。

その内側の、下着だ。

そこはいつもと同じなので、下着がどのくらい自分の体を締め付けているか、締め付けている部分に知らない肉が余ったりしていないか、肉眼で確認するのである。

「どうです？　レオーネ？」

「今のところは大丈夫、かも。よかった……」

「わたくしもですわ。ほっとしましたわ」

二人がほっと胸を撫で下ろした瞬間――

「レオーネ！　リーゼロッテ！」

戻って来たラフィニアが、その場に駆け込んで来る。

驚いてお互いに抱き合うような形になってしまったのが、余計によろしくなかった。

「「きゃっ⁉」」

「っ⁉　あ、ああ……あ～あ～あ～！　そういう事ね、そうよね、そうであっても不思議ではないわよね、仲良き事は美しきかなって言うし、うんうん……」

ラフィニアは何だか一人で物凄く深く納得して頷いている様子だった。

「お楽しみのところ、ごめんね？　続けて続けて……！」

「「違うっっ！」」

「またまた～隠さなくていいんだから♪」

ぱたぱたと手を振るラフィニア。

その様子は何と言うか、とても年上のような、要するにおばさん臭い。

先程までの沈んだ様子でないのは、結構な事ではあるが。

「だから違うのよ！」

「少し確かめていただけですから！」

「うん。だから愛を確かめてたんでしょ？」

「「ちがあああああぁぁぁぁうっ！」」

レオーネとリーゼロッテは、声を揃えて力一杯否定する。

「食べ過ぎて太っていないか、自分の体を見て確かめていただけですわ！」

「え～？　違うの？　何かわくわくしちゃったんだけどなぁ、あたし」

残念そうなラフィニアである。

「勘違いよ！　まあ、さっきより元気そうなのは、いい事だけど――」

明らかに目をキラキラさせて、楽しそうなラフィニアだった。

そう思えばこの勘違いも悪い事ばかりではないのかも知れないが。

「え？　あたし元気なかった？」

「？　え、ええ……いつもより食べる量も少ないし」

「いや、ほんとにちょっと飽きただけだから。また明日からいっぱい食べるわよ？」

「わたくし達を心配させないように、お一人になって泣かれているのかと……」

「あ～……あははは、確かに、クリスが沈んじゃってすぐは吃驚して泣いちゃったけど、もう大丈夫よ？　泣いても何か変わるわけじゃないし、ね？　ごめんね、心配かけて」

ラフィニアは少々照れ臭そうに笑みを見せる。

「では、本当にお散歩を？」

「あ、いや……ちょっと潜水の練習、とか？」

「「潜水っ⁉」」

レオーネとリーゼロッテの声が揃う。

「ま、まさか素潜りでグレイフリールの石棺を探しに行くつもりなの⁉」

「さ、流石にそれは無茶が過ぎるのでは⁉」

「って言われると思ったからね、こっそり練習しようかなって」

「「……」」

まあ確かにそれはその通りだ。

レオーネもリーゼロッテも、思わず無謀（むぼう）だと止めてしまった。

「でももし、クリスがそれをやるって言ったら……まあクリスだし、ほんとに出来るのかも知れないって思うでしょ？」

「そうね、思うかも知れないわ」

「ええ、イングリスさんなら、イングリスさんだからで済みそうですわ」

「でしょでしょ？　でね、クリスが沈んじゃう前に言ってたのよ、生まれた頃（ころ）からずっと一緒にいたから、クリスの力があたしに宿ったかも知れないって。竜さんの竜理力（ドラゴン・ロア）が、クリスや魔印武具（アーティファクト）に宿ったのと同じだって」

「そういう事があるの？　よく分からないけど……」

「ですが、竜の力では現実にそれが起きているわけですし、あり得ないとは言い切れませんわね」

「だからそれを使いこなせるようになれば、潜水も出来るかなって！　だから練習！　何もせずに泣いてるより、ずっといいでしょ？」

言って悪戯（いたずら）っぽく笑顔（えがお）を見せる。

その言葉を聞き、笑顔を見ているうちに、レオーネとリーゼロッテも心がふっと晴れて、元気が出てくるような感じがした。

ラフィニアは強い。

誰よりも辛く、苦しいはずなのに、イングリスが生きている事を信じて疑わず、自分に出来る事は何かを考えて既に動き出している。

あのイングリスと平気な顔をしてずっと一緒にいて、劣等感を感じて歪むような所も無く、まっすぐに立っていられるのは、こういう心の強さがあるからだ。

そしてその心の強さ、輝きが、見ている者達を惹き付ける。

ラフィニアを見習いたい、とレオーネもリーゼロッテも素直に思った。

こう見えて、人の上に立って導いていく指導者としての資質が、ラフィニアにはあるかも知れない。

この笑顔を支えてあげたいし、この笑顔から力を貰える。そんな気がするのだ。

「分かったわ、じゃあ私も手伝うわね！」

「わたくしも、ですわ！」

と、そこに――

「ラフィニアさん！　レオーネさん！　リーゼロッテさん！」

マイスが走ってやって来て、まだ上が下着姿のレオーネとリーゼロッテの姿を目にする。

「わわっ……！　ご、こめんなさい！　急いでいたからっ！」

顔を真っ赤にして、目を逸らしている。

「こ、こちらこそごめんなさい」

「すぐに着ますから！」

「マイスくん、どうかしたの？」

服を着ているレオーネとリーゼロッテをよそに、ラフィニアが尋ねる。

「何か遠くから近づいて来てるのが見えるんだ！　だから皆さんに、知らせないとって……！」

ラフィニアはそれを聞いて、ぽんと手を打つ。

「あ、そうだそうだ！　あたしも海辺で、何か見えたのよ！　それで二人を呼びに来たんだったわ！」

「何かって……ひょっとして魔石獣⁉」

「でしたら迎撃しませんと！」

「そうそう、そうなの！　行きましょ！」

「僕も！」

「いいけど、何かあったらすぐ戻るのよ、マイスくん！」

「うん、ありがとうラフィニアさん！」

ラフィニア達は頷き合って、中央研究所の廃屋から外に飛び出す。

先日の襲撃で、巨大な技術都市だったイルミナスは見る影も無く、中央研究所の周辺の僅かな陸地を残すのみになっている。元々の十分の一の大きさも無い。

ちょっとした小島程度だ。だから、海辺までもすぐである。

廃屋の前に停めてある星のお姫様号に乗って、三十秒も経たずにもう海辺だ。

「何か見えるけど……何だろ、あれ？」

「ちょっと分からないわ。何かいるのは分かるけど」

「夜の海ですから、見え辛いですわ」

星のお姫様号で上から水面を見ると、何か大きな影がいくつも海辺を通って行くのが見える。

だが暗いせいで、それが何かはよく分からない。

「でも魔石獣ならもう襲って来そうだし、ただのおっきい魚……かな？」

イルミナスに来てから何度か魚型の魔石獣と戦って来たが、どれもこちらの気配を感じるや否や襲って来る狂暴性を持っていた。

「じゃあ、ちょっと待っててね！」

マイスはそう言って、海辺の方を向いて佇んでいた機竜に向けて手を翳した。

うっすらとその掌と、額の聖痕が輝いている。

これが天上人が直接使う魔術、という事だろうか。

そしてマイスが手を向けた機竜の胸元に、マイスの掌と同じ光が浮かび上がる。

すると、機竜の肩の装甲が動き、そこから海辺のラフィニア達を照らす光が放たれた。

「わ！　明るくしてくれたの!?」

「うん。機竜には照明も搭載されているから」

「ヴィルマさんじゃなくても、機竜を動かせるようになったのね！」

「凄いですわ、機竜が動くようになったのなら、皆でここから脱出する事も可能かもしれませんわね！」

「うんうん、すごいじゃない、マイスくん！」

ラフィニアはマイスをぎゅっと抱きしめて、頭を撫で撫でしていた。

マイスは普段の様子から、利発さと知的好奇心の強さを感じさせる子だ。

そしてそれは伊達ではなく、このイルミナスでヴィルキン第一博士に次ぐ技術者である第二博士の子息なのだそうだ。

マイスの母の第二博士もイルミナスに残っており、残留した天上人達の纏め役となっている。

ラフィニア達も、マイスの母とは何度か顔を合わせていた。

その第二博士の素養を受け継いで、マイスは既に研究者として一人前の実力を持っているらしかった。

「あ……いや、でも、出来るのはこれだけなんだ。飛行させたり戦闘したりの機能はまだ……データの復旧と術式の組み立てが間に合ってなくて……せっかく喜んでくれたのに、ごめんなさい」

「あ、そうなんだ。ううん、大丈夫大丈夫、これだけでも助かるし」

「ええ、確実に前に進んでいるという事よ」

「そうですわ。これで、水面が良く見えて助かりますわ」

機竜が照らしてくれた海面に目を凝らしていると、先程まで見えていた魚影達が、ひょこんと海面に顔を出してきた。

機竜の光に惹かれたのだろうか。

魚鱗というよりつるつるした滑らかな表皮をしており、顔つきも丸みを帯びて優しそうで、何だか可愛らしい見た目をした魚だった。

「え、なになに？　何か凄い可愛いお魚じゃない？」

「きゅーきゅーって、鳴いてるの？　可愛い声ね！」

「地上の海にはこんな生き物もいるんだね！　すごいや！」

内陸育ちのラフィニアとレオーネ、天上領育ちのマイスは初めて見るその姿に、目を輝かせていた。

「ああ、イルカさんですわね……！」

海辺育ちのリーゼロッテだけは、すぐにそれが何か分かった様子だった。

「イルカ!?　へぇぇぇ～」

「実物は初めて見たわ！」

「シアロトの海にも、時々やって来る事がありましたのよ。とても賢い生き物で、人にも慣れてくれますの……！　昔、公爵家のプライベートビーチで飼っていた事もありますわ！　懐かしいですわね」

「さすが公爵家は上品な子を飼ってるわね～。魔石獣を飼おうとしてたクリスとは大違いだわ」

「ははは……」

「まあ、イングリスさんならあり得ますわね……」

「ねえリーゼロッテさん、この子達、触ってみてもいいかな!?」

イルカに興味津々な様子のマイスが、そう尋ねる。

「ええ。こうしていても逃げませんし、この子達もわたくし達に興味があるのかも知れませんわ」

「じゃあ、着水させるわね！」

星のお姫様号を水面に近づけ、動力を切ると、水面に着きそのままぷかぷかと浮かび始める。

一応、水に浮くようには出来ているのだ。

それでも故障が怖いので、あまり推奨はされないと騎士アカデミーでは習ったが、今は特別である。

イルカ達は着水した星のお姫様号を恐れるような様子はなく、むしろ手の届く範囲まで近づいて来てくれた。

「さ、マイスさん、触らせて貰うといいですわ」

「よし……ごめんよ、ちょっと撫でさせておくれよ」

少々緊張気味に、イルカに手を差し伸べるマイス。

「わ～つるつるしてる～！　濡れたナスみたい？　可愛い～♪」

その傍らで、既にラフィニアが別のイルカをこれでもかというくらい撫で回していた。

イルカはそうされても嫌がるような様子は見えず、むしろ笑顔を浮かべて受け入れているようにさえ見える。

「じゃあ僕も！　わぁ、ほんとだ！　すべすべだね！」

「本当ね、こんなに触らせてくれるなんて、人懐っこいのね……！」

　レオーネもイルカに手を触れ、笑顔を浮かべている。

「もっと人に慣れたら、背中に乗せて泳いでくれたりする事もありますわ。子供の頃ですが、とても気持ち良くて……楽しかったですわ」

「そんな事も出来るんだ！　乗ってみたいなあ、そこまで慣れるくらい、このあたりにずっといておくれよ……！」

　マイスは笑顔を浮かべながら、イルカの鼻先を撫でている。

「だけど急にどうして、こんなに沢山……？　何かあったのかしら？」

　レオーネが少し首を捻る。

「元々群れで行動する生き物ですわ。それで、居心地の良い場所を転々としますの。ここの地下の沈んだ部分は、小さな魚が身を隠すのに最適でしょうから、餌が沢山集まっているのかも知れませんわね」

　リーゼロッテがそう答えている隙に――

「あはははは♪　速い速～い！」

イルカの背に跨ったラフィニアが、水面に浮かぶ星のお姫様号の周囲を旋回していた。

「えぇぇっ⁉　ラフィニアさん、も、もうそんなに⁉」

「な、何であんなに慣れてるの⁉」

「す、すごいですわね、わたくしでも何日もかかりましたのに……」

マイスもレオーネもリーゼロッテも、呆気に取られている。

「目と目を合わせて、心で通じ合うのよ！　そうしたら、こっちの言いたい事も分かってくれ……きゃ～～～っ♪」

イルカと交流するコツを伝授しようとするラフィニアの体が、途中で大きく浮いた。

ラフィニアを背に乗せたイルカが、加速して大きく飛び跳ねたのだ。

「すご～～い！　こんな事も出来るのね、気持ちいい～～！」

何度も飛び跳ねるイルカの背で、ラフィニアは満面の笑みを浮かべていた。

「ぼ、僕もああなりたいなぁ！　ええと、目を合わせて心で……」

「つ、通じるのかしら？」

「いや……どうなのでしょう？」

助言としては恐ろしく抽象的で、完全に精神論の類のように思える。

ラフィニアがイルカにも通じる特別な魅力を持っているのか、それともあのイルカが恐ろしく人懐っこいか、あるいは元々人に慣れているのか。

「ねえ君、海の底まで潜ったりするのは出来る？　あたしの大事な友達が下にいるの！迎えに行ってあげたいんだけど、あたしじゃ潜れなくて」

と、ラフィニアがイルカに語り掛けると――

バシャン！

イルカはよし任せておけ！　と言わんばかりに、真下に向かって潜り始めた。

「すごい！　ほんとに通じてる！　いいなあ、ラフィニアさん……！」

「いやでも！　ラフィニアは息が続かないんじゃ!?」

「あ、危ないですわ、窒息してしまいます！」

イルカと、その背に乗った少女の影はどんどん深く潜って行って――

やがて少女の影の方が、イルカの背から離れた。

「ぷはぁぁぁ～～っ！　はぁ……はぁ……ダメね、あたしの息が続かない」

水面まで浮き上がって来て、ラフィニアは大きく深呼吸した。

「だ、大丈夫!?　ラフィニアさん!?」

「あ、うん、マイスくん……あたしがもっと長く息を止めていられるようにしなきゃ、イルカさんに付いて行けないなあ」

その体が水面からひょいと浮き上がる。

先程のイルカが戻って来て、背中でラフィニアの腰を持ち上げたのだ。

キューキューと鳴いていて、何だかラフィニアの事を心配しているようにも見える。

「あはは、ごめんね～。また訓練してくるからね～」

そう言って、ラフィニアは笑顔を浮かべていた。

「ふう……心配したわ、無事で良かった」

「ですが、良い気分転換になったのではないでしょうか」

ラフィニアの心の芯は強い。

レオーネやリーゼロッテが思っているより遥かに早く、前を向いて動き出している。

だがそれでも、辛くないはずはない、悲しくないはずはない。

こうして思わぬ来訪者と触れ合えた事は、そんなラフィニアの心を少しは和ませてくれたのではないだろうか。

その事をこのイルカ達に感謝しようと思う。

ゴゥン……ゴゥン――ゴゥン――

と、ラフィニア達がいる海辺の反対側、背後の空から、遠く響く駆動音がした。

「……！　この音は⁉」

「これって多分飛空戦艦の音よね！」

「どこでしょう……⁉　姿が見えませんわね」

「待っててね、照らすから！」

マイスの指示で、機竜の照明が音の近づいてくる空を照らす。

しかし夜空の雲に隠れているのか、その姿はまだ見えない。

「イルミナスの異変を感じて、救助に来てくれたのかな？　武公のジル様とか、セオドア特使とか……！」

「どちらにせよ、助かるわね！」

「ええ、いつ残りの陸地も水没してしまうかも分かりませんものね……！」

「一番可能性が高いのは、イルミナスの衛星島かな？　いやでも、本当の『浮遊魔法陣』と技公様が機能停止してる状態なら、あっちも動けない、かな……？」

と、マイスは技術者の顔で推測を述べる。

「まあ、確かめに行けばいいわ！　行こ行こ、みんな！」

ラフィニアはイルカの背から星のお姫様号に戻り、操縦桿を握る。

「待っててね、また後で遊ぼ！」

背に乗せてくれたイルカに対して、笑顔を向ける事も忘れない。

飛び立った星のお姫様号はぐんぐんと高度を上げて、音のする方向に近づいて行く。

「あ、見えて来たわ！」

雲と雲の間を縫って、進んで来る飛空戦艦の船影が視界に入って来る。

「「「っ……!?」」」

それを視認した瞬間、全員の間に一気に緊張が走る。

船影だけならば、どこの勢力のものか分からない可能性はあるが、これは一目瞭然だ。

乗っているのだ。

飛空戦艦の船体の上に、無貌の巨人が跨っていた。

間違いない。敵だ……！

「あ、あいつは⁉」

「戻って来たの⁉」

「そんな！　教主連の天上領(ハイランド)に戻ったのでは⁉」

「ハーッハハハハハハハハハハハハハッ！」

そして夜空に響き渡(わた)る、哄笑(こうしょう)は間違いない、ヴェネフィクのマクウェル将軍のものだ。

こちらの星のお姫様号(スター・プリンセス)をあちらも視認したのか、巨人の肩から呼び掛けて来る。

「ややあ、久しぶりですね、カーラリアの騎士(きし)の皆様(みなさま)！　シャルロッテ殿(どの)は彼女(かのじょ)の天上領(ハイランド)に戻られましたので、教主連から下された命は果たしました……ここから先は純粋(じゅんすい)にヴェネフィクの将軍として、国のために働かせて頂きますよ？」

「！　なるほど、あの方の目が無ければ、わたくし達を逃がすつもりは無いという事ですのね……！」

カーラリアと敵対するヴェネフィクの将軍としては、こちらの戦力は削げるうちに削いでおく、という事だ。

騎士アカデミーに所属し、セオドア特使の指令でエリスの護衛としてイルミナスにやって来た身としては、カーラリアとは無関係の個人だと言う事は出来ないし、そういう見方をされてしまうのは仕方がない。

「だとしたら、私達がここから離れれば！」

マクウェルの狙いがラフィニア、レオーネ、リーゼロッテの三人だとするならば、すぐにマイスを降ろして星のお姫様号を飛ばせば、マクウェルはこちらを追ってくるはずだ。

そうすれば、イルミナスに残る天上人達は巻き込まずに済む。

「……！」

レオーネの言葉を聞いたラフィニアは、イングリスが沈んだ海中に視線を向けている。

イングリスの側を離れるのが不安なのだ。

一度離れて、また戻って来られるのか――

下手したら、離れている間にイルミナスが沈んでしまい、もう二度と場所が分からなくなってしまうかも知れない。

海は広い。圧倒的に広大な世界だ。

それだけに、そこで目印を失う事は、そのもの自体を永遠に失う事に等しい。

「ラフィニア……」

「ラフィニアさん……」

　ラフィニアの気持ちが理解出来、レオーネもリーゼロッテもそれ以上は何も言えなかった。

「気にしないで！　イルミナスで戦って！　その方が戦いやすいでしょ！」

　マイスだけは、ラフィニアにそう声をかけていた。

　ぶるぶるぶるぶるっ！

　と、ラフィニアが強く、大きく首を振る。

　自分の迷いや、弱い心を追い出すかのように。

「マイスくんを降ろそう！　あたし達はここから離れて、敵をイルミナスから引き離すのよ！　レオーネ、リーゼロッテ！」

「ラフィニア……ええ、分かったわ！」

「異論はありませんわ！」

　しかし決断を下して動き出そうとするラフィニア達をあざ笑うかのように、無貌の巨人の肩に乗るマクウェルがにやりとする。

「用があるのは、あなた方だけではありませんがねぇ！」

その視線の先は、マイスや、その下の海に浮かぶイルミナスへと向けられている。

マクウェルの狙いがラフィニア達だけではない、となってしまうと、話の前提が変わってしまう。自分達がイルミナスを離れる意味が無い。

「……！　これ以上何をしようって言うのよ！　マイスくんや残った天上人(ハイランダー)の人達は、自分の生まれた所も、住む所も無くなって、もう戻れないんだから！　もういいでしょ！　止めてあげてよ！」

ラフィニアの訴(うった)えに、しかしマクウェルは肩を竦(すく)めて首を振(ふ)る。

「いいや、それでは生温(なまぬる)い――私にはね、聞こえるんですよ。この巨人の嘆(なげ)きや、恨(うら)み辛(つら)みがね……いや正確には、この巨人を形成する魔素流体(マナエキス)にされてしまった人々の、と言った方が正しいですね」

「魔素流体(マナエキス)……？　恨み辛みって、一体どういう――」

マイスがマクウェルの言葉に強く反応する。

「「……！」」

マイスはイルミナスの第二博士の子息でも、まだ子供だし何も知らないのだ。

都市防衛を担う騎士長のヴィルマですら薄々勘付きながらも、明確には知らなかったようであるし、相当限られた人間の間で、魔素流体の製造方法は秘匿されていると思われる。

それを、わざわざ聞かせるような事はしなくていい。

それはラフィニア達三人の共通理解だった。

「レオーネ！」

ラフィニアはレオーネを振り返る。

操縦桿を握る手は離せない。マイスの真後ろにいるレオーネに任せる。

「ええ！」

レオーネはラフィニアの意を汲んで、後ろからマイスの耳を塞ごうとする。

だがその手は、マイスに強く振り払われてしまう。

「マイスくん！」

「いけませんわ、あの方に耳を貸す必要は……！」

マクウェルは口元を笑みの形に歪めながら、片眼鏡に指先を触れる。

気のせいか、片眼鏡は異様な輝きを放っているように見える。

「はははは！　やはり知らぬか、小僧！　魔素流体の原材料は人間だ！　貴様らのご自慢のイルミナスは、地上の人間を買い取ってはドロドロのグチャグチャに溶かし、どうとでも扱(あつか)える万能(ばんのう)素材にしていたのだよ！　アレに含(ふく)まれる豊富な魔素(マナ)は、本来人間の体が宿していた魔素(マナ)だ！」

「そ、そんなっ⁉　だ、だったらイルミナスでは奴隷(どれい)を使わず、地上との共生を図るなんていうのは……」

「ちゃんちゃら可笑(おか)しいのだよッ！　哀(あわ)れな者を見たくないからと、人の形も意識も奪(うば)い魔素(マナ)だけの素材にするのが小僧、貴様等のやり方だ！　この悪魔(あくま)どもが！　私は許さんぞ！」

「そ、その通りだ……魔導体(マナコート)の兵士が地上の人に優(やさ)しいだなんて、とても……！」

　マイスはがっくりと肩を落として、震(ふる)える声で呟(つぶや)いている。

「止めて！　こんな子を悲しませて何が楽しいのよ⁉　あなただって魔素流体(マナエキス)にされる事が分かってて、ヴェネフィクの反対派の人達を引き渡したんでしょ⁉　人の事なんて言えないわよ！」

「さぁて、それはどうでしょうか？　知らぬ仲ではないし、私は魔素流体(マナエキス)にされずに、彼(かれ)等が天上領(ハイランド)で幸せに暮らせる事を祈(いの)っていましたよ？　ベネフィク国内に残っていれば反逆者として斬首(ざんしゅ)され晒(さら)し首(くび)だったでしょう。生き残るためには、新天地へ向かわざるを得なかったわけです。結果はこの通りですがね」

と、無貌の巨人の首を軽く叩（たた）く。

「自分達が何故（なぜ）死ぬのかも分からなければ、この悪魔どもも浮かばれぬでしょう？　それに、興味があるのですよ。天上人（ハイランダー）は地上人に比べて強い魔素（マナ）を持ち、何よりそれを独力で制御（せいぎょ）出来る種族だ。それを溶かした魔素流体（マナエキス）は、一体どうなるか!?　きっと素晴（すば）らしい力となる違（ちが）いない！　この巨人で、それを実践（じっせん）させて頂きますよ？　それが我（わ）がヴェネフィクの力となる！」

「！　つまり、マイスくん達を巨人に取り込んで……」

「強化しよう、という事ね！　そんな事が出来るなんて！」

「それが狙いで、戻って来たのですわね！」

「天上人（ハイランダー）どもだけではなく、あなた方も……ね！　全てを取り込んで、私とこの巨人は最強の存在となり、ヴェネフィクの国を支える礎（いしずえ）となる！　バカフォールが国を裏切った分、私が働かねばなりませんのでね！」

「バカフォール!?　ロシュフォール先生の事？　ああ見えて結構いい人よ、ロシュフォール先生は！　少なくとも、あなたよりは！」

ラフィニアの言葉に、レオーネとリーゼロッテも頷いていた。

「ハッ！　国を裏切るような輩（やから）がいい人間なわけがないでしょう、最悪のクズですよ、あの男は！　さあ、ティファニエ殿！　もうよろしいですよ！」

マクウェルがティファニエの名を呼ぶ。

「！　ティファニエも一緒に!?」

「天上領に戻ったんじゃ!?」

「厄介ですわね……！」

ラフィニア達は身構えて、飛空戦艦に跨る巨人の周囲に目を向け警戒をする。

だが、一拍置いてもティファニエの姿は現れない。

「では――そうさせて頂こうかしら！」

その声は、前方の飛空戦艦からではなく真上から響く。

「……!?」

「真上!?」

「落ちてきますわ！」

蹴りを振りかぶったティファニエの姿が、物凄い速度で上から迫って来ていた。

まるで、上空の雲の隙間から飛び出して来たかのように見える。

落下の勢いを蹴りに乗せて、星のお姫様号ごと叩き落とすつもりだ。

「駄目っ……！」

星のお姫様号の操舵は間に合わない。

「私が……っ！」

レオーネがかろうじて反応し、ティファニエの蹴りの軌道に黒い大剣の魔印武具の刀身を滑り込ませた。

ガキイイイインッ！

ティファニエの脚甲と剣の刀身がぶつかり合う音が響く。

しかしレオーネの足元を支えているのは、大地ではなく空を飛ぶ星のお姫様号だ。

衝撃を支えきれずに、船体が大きく傾いでしまう。

「くぅ……っ！　ひっくり返っちゃう！　マイスくん、あたしにしっかりに掴まって！」

「う、うん！」

「わたくしが、支えます！」

リーゼロッテは船体から身を躍らせると、白い翼の奇蹟を発動。

押し込まれる星のお姫様号の船底に回り込み、強く翼をはためかせて支える。

「な、何とか……凌げるっ！」

「咄嗟によく反応したものね……ですがっ！」

ティファニエは黒い大剣の刀身を蹴り、高く大きく身を躍らせる。

一度身を引いた形だが――

「ははははは！　行けえええぇぇぇぇぇいッ！」

マクウェルの哄笑が近づいてくる。

ティファニエと入れ替わるように、無貌の巨人が飛空戦艦から飛び降りて来ていた。

そして、星のお姫様号を叩き潰そうと、大きな掌を広げて振り下ろして来る。

――旋回は間に合わない！　受け切れる質量でもない！

「飛び降りてっ！」

リーゼロッテの声が響く。

「「っ！」」

一も二も無く、ラフィニア達は星のお姫様号から身を躍らせる。

バチイイインッ！

小虫を叩き潰すように、無貌の巨人の掌が星のお姫様号を撃つ。

船体は真っ逆さまに、イルミナスの中央研究所の側に落ちて行く。

ラフィニア達は何とかその攻撃(こうげき)を逃(のが)れて空中に身を躍らせていたが、体が落ちて行く何とも言えない感覚に、全身を包まれていた。

「わあああぁぁぁ!?」

「大丈夫(だいじょうぶ)よ、マイスくん！　リーゼロッテが……！」

「きゃあああああああああああぁぁぁぁぁぁっ！」

マイスより大きな悲鳴を上げているレオーネだった。

「レオーネも！　大丈夫だから！」

レオーネは元々少々高い所が苦手なようだ。

騎士アカデミーの訓練ではよく機甲鳥(フライギア)に乗るし、真面目(まじめ)な性格のレオーネだから、機甲鳥(フライギア)を操(あやつ)ったり機上で戦う事については克服(こくふく)出来ているようだが、流石(さすが)に生身で飛び降りるのは怖かったらしい。

「レオーネ！　掴まって下さい！」

「あ、ありがとう……！」

手を差し伸べてくれるリーゼロッテの腰に、しっかりと抱(だ)き着くレオーネだった。

「ラフィニアさん！」

「うん……！　ありがとう！」

全員リーゼロッテに掴まらせて貰い、事無きを得た。

その眼下で、巨人は地上に、すっかり小島になってしまったイルミナスに向かって落ちて行く。

そのまま落下の衝撃で潰れてしまってくれれば面倒は無いが、そこは元々魔素流体という液体で形成される体である。

ぐにゃりと変形しながら地表に落ち、肩に乗るマクウェルやティファニエへの衝撃を和らげつつ着地してしまう。

ただしその重さは相当であり、着地の衝撃でイルミナス全体が一瞬傾いていた。

その地震のような衝撃に驚いて、生き残りの天上人達が外に出て来てしまう。

「こ、これは……!?　前に襲って来た奴か！」

「また戻って来たのか!?　今度こそイルミナスを沈めようと!?」

「機竜の戦闘制御はまだ取り戻せない！　も、もう今度こそダメか……!?」

天上人達は巨人を目の当たりにし、打ちひしがれた様子である。

「その通りだ、魔素流体を生み出した悪魔どもめが……！　せめてこの巨人の一部となり、貴様らの魔素を地上の国のために役立てるがいいッ！　それでお相子だと認めてやるぞおおぉぉぉッ！」

　巨人が手を伸ばし、天上人達を掴み上げる。

「「「うあああぁぁっ!?」」」

「いけません！　降りますわ！」

　それを見たリーゼロッテが、全速力で下降を始める。

　しかし、間に合わない。

　無貌の巨人の口元だけが大きく裂けて口のようになり、そこに天上人達が飲み込まれてしまう。

「「「あぁっ……！」」」

　ラフィニア達が声を上げる中、巨人の体が一瞬パッと明るく輝く。

「ほう！　そうか、天上人は美味いか、巨人よ！　ハハハハハハッ！」

　マクウェルの言葉からするに、あの輝きは天上人達の命が消えて、魔素流体の一部として、魔素が取り込まれた証だ。

　つまりもう、間に合わない。

「こ、これは!?　魔素流体の巨人が、私達を喰らおうというの!?」

　また別の天上人の女性が外に姿を見せ、巨人の姿に息を呑む。

身に纏った白衣が、如何にも研究者という雰囲気だった。

その人物には、ラフィニア達三人も面識があった。

「その通りだあぁぁぁぁぁぁぁッ！」

無貌の巨人が、その女性を掴み上げる。

「うぅっ……!?」

「お母さんっっっっ！」

マイスが悲鳴のような声を上げる。

そう、マイスの母親、イルミナスの第二博士の女性だった。

巨人の顔が口のように裂け、そこにマイスの母親を放り込もうとする。

「おやめなさいっ！」

その時、降下するリーゼロッテは、地表のかなり近い所まで迫っていた。

ラフィニアの身をしっかり抱えて、両手で弓の魔印武具を扱える体勢に。

ラフィニアも既に、光の雨を強く引き絞っている。

「マイスくんのお母さんまで、やらせないからっ！」

バシュウウウゥゥンッ！

放たれた光の矢は青白い霊素の輝きを帯び、力強く無貌の巨人の腕を貫き、吹き飛ばす。

「やった、出来た！」

自分の思うようには中々制御出来ず、成功したのはティファニエに操られるレオーネを止めた時以来だが、とにかくマイスの母親を助けられて良かった。

「お見事ですわ、ラフィニアさん！」

「す、すごい！　これが私を止めてくれた力……本当にイングリスみたいだわ」

「うん！　全然うまく操れないけどね、いい時に出てくれて良かったわ！」

「お母さん！　良かったっ！」

マイスが母親に駆け寄って行く。

「マイス！　皆さんも、ありがとう、助かりました……！」

マイスの母は深々とラフィニア達に頭を下げる。

「いいえ、無事で良かったです！」

「でも！」

「ええ、油断は出来ませんわ！」

ラフィニア達がマイスの母の前に着地している間に、巨人は落ちた右腕を拾い上げ、自分の体にくっつけて修復していた。

「おおぉ！　巨人よ！　痛くない、痛くないぞ！　すぐにくっつくからな！　おのれ、巨人の腕を軽々吹き飛ばすとは！　この間とはまるで違う、ただのイングリス・ユークスの金魚のフンでは無かったという事ですか……」

「う、うるさいわね！　余計なお世話よ！」

抗弁するラフィニアの視界の中で、ティファニエがマクウェルの横に立つ。

「動揺する必要は、ありませんよ。私がいますから――――ね？」

「ティファニエ殿……ならばお力をッ！」

「ええ、お貸ししましょう」

「行くぞ巨人よ！　はぁぁぁぁッ！」

ティファニエの体が眩く輝き、マクウェルの体は巨人の胸部に吸い込まれる。

カッ――――――――ッ！

「「っ……!?」」

圧倒的な輝きがイルミナスと周囲の海を照らし、そして収まった後には――

ティファニエの黄金の鎧を全身に纏った、無貎の巨人の姿が顕現していた。

「これは……!?　前みたいに斧槍じゃないけど……!」

「天恵武姫の武器化っ!?」

「ええ、種類こそ違いますが……!」

マクウェルと無貎の巨人だけならば対抗できたかも知れないが、それがティファニエと合わさる事で、圧倒的に力を増してしまう。

武器化したシャルロッテを使う無貎の巨人は、イングリスと戦っても負けていなかった強大な敵だ。

あのまま戦い続けていたら分からないが、少なくともすぐに倒されてしまうような様子では無かった。

扱う天恵武姫の種類は違えど、それと同じ力と、今度はイングリス抜きで向き合わねばならない。

「クリスと戦って負けなかった相手と、あたし達だけで……!」

「だけどやるしかないわ、私達しかいないんだもの!」

「ええ、その通りですわ!」

身構えるラフィニア達は無視し、黄金の鎧を身に纏った巨人は拳打を中央研究所に向けて繰り出す。

「ハアァァッ！」

その拳は空を切るのだが――

ゴオオォォウッツッ！

拳に沿った爆風が巻き起こり、崩れかけの中央研究所の建物を直撃した。

それが更に建物を軋ませ、破壊し、完全に崩れ落ちてしまいそうになる。

まだ中には避難している天上人達が多数いて、慌てて外に飛び出して来る。

「うわあああぁぁぁぁぁぁっ!?」

「に、逃げろおおぉぉぉぉっ！」

「崩れるぞ！　早く！」

それを見た巨人の喉元に埋まっているマクウェルが、高笑いを上げる。

「はっはははは！　出て来た出て来た出て来たぞおおぉぉぉォッ！　さあ美味しそうな餌だぞ、巨人よおぉぉぉっ！」

「駄目よ！　やらせないって言ってるでしょ！」

バシュウウウゥゥンッ！

再び放たれた光の矢は、またラフィニアの強い願いを聞き入れてくれたのか、青白い霊素(エーテル)の輝きを纏っていた。

だが――

「ふぬうぅぅっ！」

巨人は黄金の手甲(てっこう)に包まれた手で、それを受け止めてしまう。

「受け止めた⁉」

やはりティファニエの鎧を身に纏う前とは、全くの別物だ。

「ぬわはははははぁぁぁぁぁぁっ！」

巨人は受け止めた光の矢を両手で包み込み、握り潰してしまう。

青白い輝きに包まれた光の矢は霧散(むさん)し、消え失(う)せてしまった。

「ああ……っ⁉」

「残念ながら、ぬるいのだよ！　この究・極・完・全・体ッ！　ヴェネフィクの国のために生まれ、ヴェネフィクの国のために死す正義の戦士の前ではなあぁぁぁぁぁっ！」

いかにも嬉(うれ)しそうに、マクウェルは高笑いをする。

普段(ふだん)の冷静そうな言動はかなぐり捨てて、こちらが本来の性格なのだろうか。

「何が正義よ！　こんな事が、こんな事で……！」

ラフィニアは再び意識を集中し、光の雨(シャイニーフロウ)を強く引き絞る。

また同じ矢が撃てるかは分からないが、きっとこの魔印武具(アーティファクト)はラフィニアの意志に応えてくれるはず——


バギイイイインッ！


しかし意志に応じてくれるはずの光の雨(シャイニーフロウ)の全体にひびが走り、ボロボロと崩れ落ちてしまう。

「えぇっ⁉　光の雨(シャイニーフロウ)が⁉」

「イングリスが、私の剣を使った時みたいに……⁉」

以前イングリスがレオーネの黒い大剣の魔印武具(アーティファクト)を使った時、その後魔印武具(アーティファクト)は破壊されてしまい、セオドア特使に新たなものを作って貰う事になった。

今のレオーネの魔印武具(アーティファクト)は、二代目だ。

それだけでなく、イングリスが普段魔印武具(アーティファクト)を使わないのは、『使ったら壊(こわ)れるから』だと言っていた。

イングリスの力がラフィニアに宿ったのなら、そのラフィニアが魔印武具(アーティファクト)を使えば、イングリスが使ったのと同じように、壊れてしまうという事だろうか。

「こんな時に、まずいですわね……！」

「そ、そんな！　光の雨(シャイニーフロウ)が無いとあたし……もう皆を守ってあげられないの⁉」

「いいえ、まだよ！」

レオーネがラフィニアの背中を叩く。

「レオーネ？」

「見て、あれを！」

レオーネが指差す先、巨人の体に埋もれるマクウェルの周囲から、何かが蒸発していく煙(けむり)のようなものが燻(くすぶ)っている。

「あれは……何でしょう⁉」

「今まであんなものは無かったわ。きっと天恵武姫(ハイラル・メナス)の武器化の影響(えいきょう)よ」

武器形態の天恵武姫(ハイラル・メナス)は、使い手の生命力を吸い上げ拡散してしまう。つまり、それを使って虹の王(プリズマー)を制するほどの激しい戦いを行った後には、使い手のほうの命も無い。

そういったものなのである。

「では、あの力は永遠に続くものではないという事ですわね……！」

「きっとそうよ！　だから、必ずしも私達があれを倒す必要は無いわ」

「時間さえ稼(かせ)げば、勝手に相手が自滅(じめつ)して、マイスくん達を守れるのね！」

「ええ……！」

「そうですわね、出来る事を致(いた)しましょう！」

頷(うなず)き合うラフィニア達を、しかしマクウェルは嘲笑(ちょうしょう)する。

「ハハハハハハッ！　無駄無駄無駄無駄(むだむだむだむだ)あぁぁぁぁっ！　無駄(むだ)な足掻(あが)きなのだよ、そんなものはあぁぁぁぁぁぁっ！」

「そんな事言っても、体から煙が出てるのは見えてるんだから！　強がってるのはどっちよ!?　分かってるんだからね、天恵武姫(ハイラル・メナス)を使えばただじゃ済まないんだから……！」

「それは認めよう！　天恵武姫(ハイラル・メナス)を使う代償(だいしょう)を、巨人がその身で払ってくれている！　美しき愛国心……！　だがそれも永続はせぬ！」

「だから早くあたし達を倒そうっていうんでしょ!?　それも分かってるんだから！」

「そう簡単には……やられません！」

「皆さん！　巨人から離(はな)れてくださいまし！　あれの活動時間には限界があります！　そ

れまで逃げ切れば……！」

リーゼロッテが天上人達にそう呼びかける。

「その考えが甘いというのだよッ！　よしんば私と巨人が限界を迎えたとしても！　あれを見ろおおォォォッ！」

マクウェルの声とともに、巨人がラフィニア達の背後、反対側の海岸線を指差す。

そこは夜の海のはずなのに、明るく美しい、虹色の輝きに包まれていた。

そして無貌の巨人と匹敵するか、上回る程の巨大な魚影と、海に突き出た虹色の背びれが見える。

「う、嘘⁉　あれって――」

「こ、こんな時に⁉」

「虹の王⁉　う、海の悪魔……⁉」

リーゼロッテの出身地である、カーラリアの西岸部に位置するシアロトの街では、沿岸部と半島で囲まれた内洋から外に出たシャケル外海において、海の悪魔が現れて行き来する船を沈めるという逸話が、昔から伝わっていた。

そしてアールシア公爵家に残されている記録では、その姿は虹色の鱗に包まれた巨大魚だった、と。

ここはカーラリアからの移動経路から考えるに、シャケル外海のどこかだと思われる。

そして今日の前に現れた光景は、アールシア家に残されていた記録の通りだ。

「お、お嬢(じょう)さん……俺達(おれたち)どこに逃げればいいかな？　ははは――」

そう問いかけてくる天上人(ハイランダー)の男性に、リーゼロッテはすぐに返す言葉がなかった。

ひょっとしたら先ほど現れたイルカの群れは、あの虹の王(プリズマー)から逃げてきたのかも知れない。

こちらにやってくる方向は、虹の王(プリズマー)と同じだった。

「どうだ!?　私達だけではないのだよ！　天も地も海も魔石獣(ませきじゅう)さえも！　貴様らに死ねと言っているのだあぁぁぁぁアアアッ！」

「ど、どうしよう!?　虹の王(プリズマー)なんかに近づかれたら、マイスくんや天上人(ハイランダー)人達は……！」

天上人(ハイランダー)は虹の雨(プリズムフロウ)への抵抗力(ていこうりょく)が地上の人間より弱い。虹の雨(プリズムフロウ)を浴びれば魔石獣になってしまうし、血鉄鎖(けってつさ)旅団が用意した虹の粉薬(プリズムパウダー)も効いてしまう。

そして虹の雨(プリズムフロウ)の塊(かたまり)とも言えるのが、虹の王(プリズマー)の存在だ。

アールメンの街に氷漬(づ)けにされていた巨鳥(きょちょう)の虹の王(プリズマー)との戦場では、天上人(ハイランダー)ではない普通(ふつう)の人間すら、魔石獣に変えられてしまうのを見た。

虹の王(プリズマー)同士の個々の力の差はあるにせよ、普通の人間より抵抗力の弱い天上人(ハイランダー)があれに近づかれて、無事に済むとは思えない。

近づいただけで、皆一斉(みないっせい)に魔石獣になってしまうかも知れない。

「「……！」」

強い危機感を覚えるラフィニアに、レオーネもリーゼロッテも返す言葉がない。

二人とも必死に打開策を考えてはいるが、何も妙案(みょうあん)は浮(う)かばないのだ。

ぽつり、ぽつり――

さらにそれに追い打ちをかけるように、ラフィニア達(たち)の額に落ちてきたものは、虹色をした雨粒(あまつぶ)だった。

「虹の雨(プリズムフロウ)!?」

イルミナスに迫ってくるあの虹の王(プリズマー)が呼んだとでも言うのだろうか。

「ど、どうしてよ!?　こんな時に……っ！」

そんな中、ラフィニア達に声をかけるのはマイスだった。

「ラフィニアさん、レオーネさん、リーゼロッテさん！　もう十分だよ！　三人は逃げて！

三人だけならどこか近くの小島を見つけて、逃げられるかも知れないから！」

「マ、マイスくん！」

「そ、そんな事……！」

「わ、わたくし達には！」

「いいんだよ。僕達はもう……どちらにせよ、この虹の雨か虹の王で魔石獣に！　そうなったらラフィニアさん達を襲ってしまうから、そんな事はしたくないから！　だから、早く行って！　ラフィニアさん、レオーネさん、リーゼロッテさん！」

　そのマイスの背中を、強く押す人物がいた。

　それは、マイスの母である。

「後生です！　この子だけでも連れて一緒に逃げてください！　状況はこの子の言う通りです！　だけどせめて、私達全員の代表として、この子を！」

「お母さん！　何を言うんだよ！　僕もみんなと一緒に！」

　そう抗弁するマイスを、ぐっと抱き寄せたのはラフィニアだった。

「……わ、分かりましたっ！」

　その言葉に、レオーネもリーゼロッテも口を挟む事は出来なかった。

目に一杯の涙を溜めているラフィニアの気持ちは、痛いほどよく分かったから。

自分達全員の代わりに、ラフィニアが決断を背負ってくれたのだ。

「ら、ラフィニアさん！　僕はいいんだよ！　ここでお母さん達と……！」

「いいから！　マイスくんもあたし達と一緒に行くのよ！」

抵抗しようとするマイスを、ラフィニアが押さえつける。

「リーゼロッテ！」

レオーネはラフィニアを手伝いながら、リーゼロッテに呼びかける。

「ええ、分かっていますわ！」

リーゼロッテは白い翼の奇蹟を発動する。

「そうは問屋が卸しませんがねえええええええええっ⁉」

無貌の巨人が拳を振りかぶり、その衝撃波が飛び立つ寸前のラフィニア達を襲った。

「「「あああああぁぁぁぁっ！」」」

それぞれバラバラに大きく弾き飛ばされ、地面に背中を強くぶつける。

「う、ううぅ……っ！」

だが、大人しく倒れてなどいられない。

マイスだけでも逃がすと決断をしたのだ。

何としてでもそれだけは、マイスだけは助けたい。

身を起こそうとするラフィニアの視界に、ふっと黒く大きな影が差す。

「き、来たぞおおぉぉおっ！」

「虹の王だ！　と、飛んだあぁぁぁぁっ!?」

あっという間にイルミナスの海岸まで迫ってきた虹の王が、水中から飛び出して、見上げるほど高く飛び上がっていた。

自ら陸に飛び出して、ラフィニア達や天上人達を喰らおうというのだ。　虹色に輝く巨大な魚影の姿は、ある意味美しくすらある。

「はは……怖いけど、き、綺麗だね……何だか」

マイスの呟きが、耳に入る中――


ばしゃああああああああああああぁぁぁぁぁぁんっ！

唐突に、恐ろしく巨大な水柱が海から立ち上り、虹の王の土手っ腹にぶち当たった。

ギュオオオオオォォォォッ!?

鳴き声を上げ、虹の王はイルミナスを飛び越え遥か彼方へと吹き飛んでいく。

身をバタバタとくねらせる様は、釣り上げられた魚にそっくりだ。

「ええっ⁉」

「な、何⁉」

「あれは——」

「「グレイフリールの石棺っ⁉」」

ラフィニア達の声が揃った。

四角い巨大な石の箱——

何の前触れもなく海から飛び出してきたグレイフリールの石棺が、その勢いで虹の王に衝突して弾き飛ばしたのだ。

直後、グレイフリールの石棺はまるで意思でもあるかのように、黄金の鎧を身に纏う無貌の巨人に突進する。

「ぬうっ⁉」

反応した巨人は、両腕を体の前で組んで防御を固める。

——が、それをあざ笑うかのように、グレイフリールの石棺の巨大な姿が歪んで消える。

「「えっ……⁉」」

驚くラフィニア達の視界の中、次の瞬間には無貌の巨人の背後にグレイフリールの石棺が出現していた。

「何いィッ!?」

そして無防備な巨人の脇腹に向け、尋常ではない勢いでぶつかって行く。


ドゴオオオオオオオオオオォォォンッ！


「ぬおああああああああぁぁぁぁぁぁぁぁぁアッ!?」

イルミナスから弾き飛ばされた巨人は、水飛沫を上げながら水面を何度も跳ね、見えないくらい遠くまで吹き飛んでいった。

ちょうど虹の王が弾き飛ばされたのと同じ方向だ。

「「「…………」」」

あまりの光景にラフィニア達は言葉を失ってしまう。

いきなり海から飛び出してきたグレイフリールの石棺が、まるで意思でもあるかのように巨大魚の虹の王も黄金の鎧の無貌の巨人も、一瞬で弾き飛ばしてしまったのだ。

だが、グレイフリールの石棺はあくまで巨大な石の塊。

意思などないし、ひとりでに動いたりはしない。

そこには、それを動かしていた犯人がちゃんといた。

石棺が大きすぎて、姿が隠れていただけだ。

「ふぅ。間に合って良かった、あの巨人だけじゃなく虹の王までいるなんて、楽しそうだね？」

グレイフリールの石棺を当たり前のように簡単に抱えて笑顔を見せるのは、やはりというか勿論というか――

「クリスっっっ！」

「イングリス！」

「イングリスさん！」

しかもグレイフリールの石棺に閉じ込められる前の幼い子供の姿ではなく、元の16歳の大人のイングリスだった。

着ていた子供用の服は小さくて着れなくなってしまったのか、胸元と腰だけを隠すように巻き付けている。

「クリス……っ！　クリスううぅ――っ！」

一目散にイングリスに駆け寄り、抱きついてくるラフィニア。

殆ど体当たりする位の勢いだった。

抱えているグレイフリールの石棺が滑り落ちてしまいそうなほどだ。

「ラニ、ごめんね？　大丈夫だった？」

後ろからイングリスに抱きついたラフィニアは、何も言わずに強く首を振る。

正確には言えないのだ。

肩が震えて、細かくしゃくり上げる声にならない声が聞こえる。

そしてラフィニアが顔を埋める首元が、涙で濡れる感覚が伝わってきた。

大声を上げて泣き出さないように、必死で堪えているのだろう。

今はまだ、泣いている場合ではないと考えているに違いない。

子供の頃のラフィニアなら、イングリスが暫く行方不明になり帰ってきたら、大声で泣きながら抱きついてきただろうが、成長したものだ。

「……反省するね？　ラニを泣かせる相手は許しておかないはずなのに、わたしがそうしちゃったんだし――従騎士失格だね」

「あ、あらしはにゃいてにゃひし！（あ、あたしは泣いてないし！）」

しゃくり上げていたのが収まらず、ちゃんと言えていない。

「レオーネ、リーゼロッテ、状況は？」

イングリスはレオーネ達を振り向いて問いかける。

「ヴィルマさんが連れて行かれて機竜が動かないから、皆イルミナスから移動できないの！　そこにマクウェル将軍達が引き返してきて、襲ってきたの！」

「海の悪魔（あくま）……虹の王（プリズマー）と、それから虹の雨（プリズムフロウ）もですわ！」

どうやら中々に、込み入った状況のようだ。

とりあえずグレイフリールの石棺で殴打（おうだ）しておいて正解だった。

「……賑（にぎ）やかで、楽しそうだね？」

「『楽しくないっ！』」

声を揃えて窘（たしな）められた。

と、そこに大きな声が遠くから響（ひび）く。

「ハハハハハハハハッ！　あの程度ではやられんぞ！　今度こそ決着をつけてやる！　イングリス・ユークスぅぅぅぅッ！」

波の向こうから聞こえる声は、虹の王（プリズマー）に跨（また）がって帰ってくる無貌の巨人の姿だった。

「な……っ!?　何よあれ！」

ラフィニアも一気にそちらに意識を奪（うば）われる。

「虹の王（プリズマー）に乗ってる!?」

「む、無茶苦茶ですわ！　あんなもの、乗りこなせるはずが……！」

「お見事なお手前です」

イングリスは、たおやかな微笑みを無貌の巨人に向ける。

「ですが一言申し上げておくと……あなた達のおかげで、わたしはラニを泣かせる事になってしまいました」

グレイフリールの石棺を下に置くと、ずん、と重い地響きを起こした。

「だから……許しませんよ？」

イングリスの声が危険な低さになり、巨人を刺す視線に殺気を孕む。

「うぬっ……!?」

無貌の巨人がビクンと身を震わせ、一瞬固まる。

マクウェルの動揺が伝わったのか、虹の王まで停止していた。

と、イングリス達の足下のイルミナスの陸地が細かく震動し始める。

そしてガタンと大きく震えて、海岸部分が一段深く、海の中に沈み込んだ。

「な、何っ!?」

「まずい、もう一つだね」

「えっ!?」

「沈んでる……多分このままだとイルミナス全部が。これ持って来ちゃったからかな？」

イングリスはグレイフリールの石棺の石壁(いしかべ)をぺしぺしと叩(たた)く。

見上げるほどに巨大な石棺だ。その重量は想像を絶する。

それをいきなり乗せられた手負いのイルミナスが、支えきれずに沈もうとしているのだ。

「えええぇぇぇぇっ⁉　ダメじゃない！　今すぐ捨てて！」

「いや待ってラフィニア！　その中にはエリス様が！」

「ヴェネフィクの皇女様もですわ！」

「あ……！　そ、そうだわ、そうよね！　じゃ、じゃあどうしよう！　どうすれば！」

必死に考えている様子のラフィニア。

「ど、どうする⁉　虹の雨(プリズムフロウ)は止まらないし、イルミナスの沈没(ちんぼつ)も止まらないわ！」

「や、やはりわたくし達はマイスさんを連れて、避難を⁉」

「そ、それしかないの……⁉　ねえ、クリス⁉」

ラフィニアが救いを求める目でイングリスを見る。

イングリスとしては、可愛(かわい)いラフィニアにこんな目で見られたら、応じないわけにはいかない。

そして応じられる力が、今の自分にあって良かった。

その事に感謝したいと思う。

イングリスはラフィニアの肩をぽんと叩き、笑顔を向ける。

「大丈夫だよ、ラニ。わたしに任せておいて？」

「本当⁉　何とか出来るの⁉」

「うん。じゃあラニ、レオーネ、リーゼロッテ、空は飛ばずに、必ず地面に足を着いててね？　他の皆さんも、必ずイルミナスから離れないように！　お願いします！」

イングリスはそう皆に呼びかけてから、地面に片膝を突き手を触れる。

グレイフリールの石棺は、外から入り口を開く事は出来るが、内側から破壊したり、出口を開く事は不可能。

それは事実で、イングリスはグレイフリールの石棺を破壊はしていないし、出口を開いてもいない。

だから石棺は今も何事もなく全くの無事で、イングリス達の前に鎮座している。

破壊せず、出口も開かず、イングリスがグレイフリールの石棺から出た方法――

グレイフリールの石棺の中で修練に修練を重ね、それを身に付けた時、イングリスの身体は元の16歳の大人のものに戻っていた。

いや、正確には戻ったのか分からない。

幼児化はそのまま治らず、幼児の身体のまま身体が成長し、元の年齢に追いついただけかも知れない。

それ位長い時間をかけた修行で、身に付けたものを今、見せる！


ヒイイイイイイイイイインッ…………！


イングリスが地面に触れた手から、地を這う光の輪が広がって行く。

まるで水面に波紋が広がって行くかのようだ。

それが小島になってしまったイルミナス全体に広がって行き、島全体が眩い輝きに包まれて行く。


「あ……!?　こ、これって！」

見覚えがあるようで、ラフィニアがそう声を上げている。

確かにラフィニアは何度か目にしているはずだ。

ただ、イングリスが一人の状態では初めてだろうが。

「虚仮威しだ！　天誅うううううぅぅぅぅぅぅぅッ！」

水中から高く飛び上がった虹の王と無貌の巨人が、美しい弧を描いて飛びかかってくる。

「済みません、とても名残惜しいですが――ごきげんよう」

イングリスがたおやかな微笑みを虹の王（プリズマー）と無貌の巨人に向けると同時、視界がグンと歪んで、一気に切り替わった。


ばしゃあああああああああぁぁぁぁぁんっ！


そしてイルミナスの周囲全てから、大きな波が巻き上がる。

いきなり水の中に大きな物体を投げ入れた結果だ。

大きな波が岸辺に乗り上げて、道を水浸しにし、浮かんでいた船を大きく揺らす。

水がかかってしまった住宅には、少々申し訳ない事をしたかも知れない。

大きく倒壊するような建物は無いように見えるので、許して貰おう。

「わああぁぁぁぁっ!?」

「な、何がどうなって!?」

「あ、ここは……!?」

一瞬で視界が切り替わったのは、イングリス達だけではない。

イルミナスにいた全員がそうだ。

そして、皆が今見ているのは――

「あ……!?　ここ、ボルト湖！　王都のボルト湖よ！」

「ほ、本当だわ！　機甲鳥ドックも騎士アカデミーも見えるわ！」

「で、では、シャケル外海から王都まで、一気に移動したんですの!?」

「うん、そうだよ」

神は居ながらにして世界を見通し、そこへ行こうと思えば、どこにでも瞬時に赴く事が出来る。

世界の中で速く、強い一歩を踏み出すのではなく、世界の理を書き換えて、自分の一歩を無限大に速く、強い事にしてしまう。

それが神の移動法――神行法だ。

これを以てすれば、遠く離れた大海原からここ、カーラリア王都のボルト湖までイルミナスごと転移してくる事も造作も無い。

距離も重さも無意味だ。世界の理そのものを書き換えてしまうのだから。

それを扱うイングリス自身が、自分達がどこに向かうかさえ分かっていればいい。

武器化したエリスやリップルを手にした時、彼女達の力によってイングリスの霊素は強化、増幅され、神行法を可能とする真霊素にまで昇華した。

グレイフリールの石棺の中でのイングリスの修練の目的は、それを独力で起こせるようになる事、だった。

如何に出口が無く破壊も出来ないとされるグレイフリールの石棺でも、神行法による神の移動は防ぐ事は出来ないからだ。

自身の霊素を細かく、隙間無く、精緻に編み上げ、恐ろしいまでの手間と時間を掛け、完全な美術品を創り上げる事を目指すような、気が遠くなるような修行だった。

その甲斐あって、十分な手間暇さえかければ独力で真霊素を生成する事が可能になった。

ただしエリスやリップルを手にした時のように、握った側から即時に真霊素を操れるほど便利ではなく、あらかじめ真霊素を練り上げて溜めておき、それを必要に応じて解放するというような使い方になるが。

今は神行法でグレイフリールの石棺から抜け出す事と、イルミナスごとボルト湖に転移する事で、練り上げた真霊素を殆ど使い果たしてしまった状態だ。

また独力で神行法を使うためには、暫く霊素を練り上げて溜める作業が必要になる。

ばしっ！

子供の身体用の服を胸元に巻き付けただけで、剥き出しになっている背中を叩かれる。

満面の笑みのラフィニアに悪気はないのだろうが、ちょっと痛い。

「ありがと、クリス！　さすがだわ！　もう虹の雨も降ってないし、イルミナスも沈んでないし、マイスくん達は助かったわ！」

イルミナスが沈んでいかないのは、イングリスの力ではなく、単に元の場所ほどは水深が深くなく、底面が湖底に着いているからだろう。

ともあれ飛びついて抱きつかれると、当然悪い気はしない。

ちょっとした背中の痛みなど、完全に忘れてしまう。

「ううん、こちらこそ……だよ」

「？」

ラフィニア達にとっては数日だろうが、グレイフリールの石棺の中でのイングリスの時間は何年も経っているのだ。

いい修行ではあったし、エリスやリップル達のおかげで、真霊素と神行法という明確な目標は見えていたが、想像を絶する難易度と、それに取り組む長い一人きりの時間は辛くなかったかと言えば嘘になる。

イングリス・ユークスとして転生して以来、こんなにも長くラフィニアと離れた事は無く、正直言って寂しかった。

だが逆にイングリスを支えてくれたのも、ラフィニアに早くまた会いたいという気持ちだったように思う。

それが、恐らくイングリス王では完済させられなかった修行を完成に導き、こうしてグレイフリールの石棺からの独力脱出を可能とさせたのだ。

「本当に久しぶりだね、ラニ。もっとよく顔を見せて？」

「ん……？　はい、どうぞ！」

ラフィニアが改めて、満面の笑みを向けてくれる。

——とても、可愛らしい。まるで心が洗われるかのようだ。

イングリスも満足そうな微笑みを浮かべ、二人で笑顔を交わし合った。

やはり、これでいい、これがいい、そう思えた。

だがやがて、イングリスはふうと一つため息をつく。

「みんな無事なのはいいけど、虹の王も巨人達も置いて来ちゃったのは、惜しい事したなぁ……戦いたかったなぁ……」

偶然か何か分からないが、虹の王を自分の馬のように乗りこなす様は圧巻だった。

マクウェルと無貌の巨人はイングリスも目を見張るほど能力の応用と進化の範囲が広く、

無限の可能性を秘めていると感じた。

ひょっとしたら虹の王とも化合して全く別の何かに進化してくれるかも知れない、それをイングリスとしては見たかった。そして戦いたかった。

「嫌よ、あんなの！　もう顔も見たくないし！」

それを聞きつけたラフィニアが、ぶんぶんと首を振る。

「私も暫く見たくないわね。特に、あの鎧が……」

レオーネはティファニエに強制的に装着され、身体を操られてしまったらしい。

イングリスも一度、ティファニエから受けた攻撃だ。

イングリスをグレイフリールの石棺に押し込めるために、ティファニエはレオーネから離れたが、その後も無事でいたようで、何よりだ。

「あの虹の王……海の悪魔は仕留められるなら仕留めておくに越した事はありませんでしたが……仕方がありませんわね」

リーゼロッテのシアロトの街では、過去あの虹の王によって沈められた船も少なくないのだろう。

あれが倒されれば、シャケル外海の航海の安全性がぐっと増す。

シアロトの領主であるアールシア公爵の娘として、それは心残りなのだ。

イングリスとしても、出来ればすぐに元の地点に戻って虹(プリズマー)の王やマクウェルやティファニエや無貌の巨人と手合わせしたいが、残念ながら暫く時間をかけて真霊素(ハイ・エーテル)を練り上げないと、神行法(デイバインフィート)は使えない。

天恵武姫(ハイラル・メナス)がいてくれれば話は別だが、エリスはグレイフリールの石棺の中にいて動かせないし、アルルは封魔騎士団(ふうまきしだん)の活動でアルカードへ向かっているはずだ。

ならばリップルは——もし王都にいてくれたら、シャケル外海に戻れるかも知れない。

だがともあれ、今は他に言うべき事がある。

「レオーネ、リーゼロッテ、二人とも心配かけてごめんね？」

「ううん！　無事で良かったわ！」

「お帰りなさい、イングリスさん！」

ラフィニアだけでなく、レオーネもリーゼロッテもイングリスに抱きついてくる。

——ラフィニアは家族だし従姉妹(いとこ)だし、本質的には孫娘(まごむすめ)のようなものなので、抱きつかれても可愛くて嬉(うれ)しいと思うだけなのだが、レオーネとリーゼロッテに抱きつかれるのは少々気まずい。なんとなく罪悪感を感じる。

そう感じるのは自分にもまだ男性の意識が残っているのであって、少々安心感を覚えるかも知れない。

「おおぉぉぉ～～～～～い！　イングリスちゃ～～ん！　みんな～～！」

遠くから声が聞こえてくる。

見ると、王城の方向から機甲鳥（フライギア）が何機かこちらへ向かって来ていた。

その先頭にリップルがいて、こちらに声をかけて来たのだ。

「リップルさん！　やった！」

先ほど考えていたように、リップルがいてくれれば神行法（ディバインフライト）でシャケル外海に戻る事が出来る。

あの歯ごたえのありそうな敵達と、まだ戦う事が出来る。

「リップルさ～～ん！　こっちです！」

イングリスは満面の笑みでぶんぶんと手を振る。

「こ、これ、どうしたの⁉　イングリスちゃんがやったの？　それにその笑顔は何かなぁ？　なんか怪（あや）しいんだけど」

イングリスは近くに降りてきたリップルの腕（うで）を、ぎゅっと掴（つか）む。

「それより、早く行きましょう！」

「行くって、どこに？」

「勿論手合わせに！　特級印のヴェネフィクの将軍が魔印武具（アーティファクト）で生み出した不死者の巨人

と合体して、更(さら)に敵の天恵武姫(ハイラル・メナス)のティファニエさんを武器化して、更に更に鮫(さめ)の形の虹の王(プリズマー)に乗っているんです！」

「な、何なのそのワケの分かんない状況は？」

「ね、凄(すご)いでしょう!?　今すぐ引き返せばまだ手合わせできます！　だからさあ行きましょう！　さあさあさあさあ……っ！」

「こら――――っ！」

ぎゅううううっ！

ラフィニアに強く耳を引っ張られる。

「い、痛い痛いよ、ラニ……！」

「そんな事してる場合じゃないでしょ!?　今は我慢(がまん)しなさいっ！　マイスくん達もいきなり連れてこられて大変なんだから！」

と、ラフィニアはイルミナスと一緒(いっしょ)に転移してきたマイスや天上人(ハイランダー)達に視線を向ける。

「こ、これが地上の国の街――すごいや、何だか綺麗だ！」

「お、俺達助かったんだな！」

「一時はどうなる事かと思ったよ！」

「良かったわ、本当に……」

マイスはボルト湖から見渡す王都の夜景に目を輝かせ、他の天上人達は一様に胸をなで下ろしている。

「それに……」

幸い虹の雨によって魔石獣化する者も出ていないようだ。

と、ラフィニアはにっこりとイングリスに笑みを向ける。

「お腹空かない？」

「……空いたね、すっごく」


ぐうううううう～～


イングリスとラフィニアのお腹の音が同時に鳴った。

「私も久しぶりに魚以外の物が食べたいかも」

「そうですわね、さすがにちょっと飽きてしまいましたもの」

と、レオーネとリーゼロッテの言葉にラフィニアはうんうんと頷いて、それから宣言をする。

「よぉぉぉしっ！　マイスくん、天上人の皆さん！　無事で良かったお祝いに、地上のごはんを食べに行きましょ〜！　あたし達が奢るからっ！」

「わぁ！　ありがとう、ラフィニアさん！」

「おぉ……助かるよ！」

「正直疲れたからなぁ、ちょっと休みたいよ」

天上人達から喜びの声が上がる。

「これだけの人数を奢るお金なんて……」

「さ、騎士アカデミーの食堂に行くわよ！」

「ああ、校長先生には事後承諾で全員に食べさせて貰うんだね」

まあ、マイス達を飢えさせるわけにも行かないし、そうせざるを得ない。

「じゃあボクも行くから、そこで詳しい話を聞かせてね〜」

「「はい、リップルさん！」」

とは言うものの、リップル達の機甲鳥でも、天上人達を一気に運ぶ事は難しい。

「全員で行くには……これかな？」

と、イングリスは近くに佇んでいる機竜に目をつける。

「では皆さん、あの機竜に掴まって頂けますか？　あれで皆で移動しましょう」

「イングリスちゃん。いや、イングリスさん、でも機竜はまだ動かせないんだ、だから乗っても――」

「大丈夫だよ、マイスくん。動くから安心して乗って？」

「う、うん？　わ、分かった」

イングリスがたおやかな微笑みを向けると、マイスは少々照れながら頷く。

マイスは子供の姿のイングリスしか見た事が無かったから、今の姿を見て驚（おどろ）いているのだ。

「ラニ達（たち）も、みんな乗ってね」

そうして、百人近い天上人（ハイランダー）達と、ラフィニア達が機竜に掴まる。

「乗ったわよー！　クリス！」

「うん、分かった。では！」

イングリスは自分の体を指でなぞり、魔素（マナ）と竜理力（ドラゴン・ロア）を混ぜ合わせて行く。

グオオオォォォ……ッ！

咆哮とともに、竜の意匠の蒼い装甲が具現化する。

竜魔術、竜氷の鎧だ。

子供の服を元に、胸と腰に布を巻いただけの姿より、しっかりした鎧が身を包んでくれるので安心感があるかも知れない。

竜氷の鎧を身に纏ったイングリスは、機竜の体をひょいと持ち上げる。

そして持ち上げたまま、ボルト湖の水面に足を踏み出した。

機竜の重みでさすがに沈むかと思いきや、竜氷の鎧の力でイングリスの足下の水は一瞬で凍り付き、足場を形成してくれる。

それでもとても機竜の重みを支えきれるほどではないが、一瞬支えてくれれば十分。

足が沈む前に次を動かし続け、機竜を持ち上げたイングリスはボルト湖の水面を騎士アカデミーに向けて疾走していく。

「「「おおおおおぉぉぉっ⁉」」」

「「「す、すごい⁉」」」

「「「な、何だこれはっ⁉」」」

機竜に掴まった天上人達が驚いて叫び声を上げている。

「す、すごいなぁ、イングリスさんは……！」

「ま、まあクリスだから、このくらいはね！」

驚くマイスに、ラフィニアがそう告げる。

「はははは……どこ行って何しててもイングリスちゃんはイングリスちゃんだなぁ」

機甲鳥(フライギア)で併走(へいそう)するリップルが、苦笑(くしょう)交じりにそう言っていた。

その夜は助かった安堵感(あんどかん)と地上の物珍(ものめずら)しさもあり、天上人(ハイランダー)達との食事会は大変盛り上がった。

イングリスもラフィニアも、久しぶりの騎士アカデミーの食堂の味に、懐(なつ)かしくて嬉しくて食べ過ぎてしまったかも知れない。

後に報告を受けたミリエラ校長は、口ではよくやったと言いつつも涙目(なみだめ)になっており、なんとも複雑そうだったが。

第5章 ♦ 16歳のイングリス　絶海の天上領　その10

そして、アルカードに向かった封魔騎士団が戻って来た後――

イングリス達は再び、グレイフリールの石棺の中に足を踏み入れていた。

そして目の前には、空間の記憶が映し出されている。

天恵武姫（ハイラル・メナス）化の円柱状の装置が二つ横並びに、そして隣り合ってそこに入っているのは、システィアとユアだ。

その前に、石棺の外から落ちて来た青年が立っている。

「ほ、ほんとだ！　ユアちゃんだ！」

それを見たリップルが、驚いて声を上げている。

「そっくりさん？」

ユアは気怠そうな表情で、小首を傾げている。

「いやどう見てもそっくりさんというより、ユア先輩本人に見えるんですが」

ユアは相変わらずの調子で、イングリスの調子も乱されてしまう。

「何か覚えてないんですか？　ユア先輩？」

ラフィニアの質問にも、ユアは小さく首を振る。

「うーん……分からん」

ユアの頭の上に小さな魔石獣になってしまったモーリスがいて、一緒に首を振っている。

「そ、そうですか」

「けど――」

「けど？」

「この姉ちゃんは、この前会った」

と、指を指すのはシスティアのほうだ。

「モヤシくんをちっこくするのを手伝ってくれた」

「という事は、アールメンの戦場で……」

先日、アールメンで行われた巨鳥の虹の王との会戦――

モーリスが魔石獣になってしまったのは、その時のはずだ。

どうやらモーリスには血鉄鎖旅団との繋がりがあったらしく、携帯していた虹の粉薬が虹の王に反応し、真っ先に魔石獣に変えられてしまったらしい。

確かにその戦場にシスティアの姿もあり、イングリス達を助太刀してくれた。

その前に、ユアとシスティアも邂逅していたらしい。

「うん。何か私の舎弟になりたがってた」

「は、はあ？　システィアさんがそんな事を言っていたのですか？」

「いや……何かヘコヘコしてきたから」

「ヘコヘコ？」

「うん。喋り方が」

「敬語で、遜るような感じという事ですか？」

「そんな感じ」

ユアはこくこくと頷く。

「…………」

イングリスが見てきた限り、システィアは割と気位は高い人物だ。

血鉄鎖旅団の首領である黒仮面には絶対の忠誠を誓っているように見えるが、理由も無く他人に遜るような事はしないように思う。

「つまり、システィアさんにとっては、ユア先輩は旧知の仲で、敬うべき人物だという事ですね」

「こっちは全然分からない……けどね？　やっぱりそっくりさん？」

どうしてもそっくりさん説を推したがるユアだった。

「いや、ユア先輩本人にしか見えないのですが……どちらかと言うと、この天恵武姫(ハイラル・メナス)化の装置によって、以前の記憶を無くしてしまったとか、そちらの方が可能性が高そうですが」

イングリスがそう考えるのは、イルミナスで出会ったシャルロッテが、明らかにリーゼロッテに似た容姿をしており、なおかつリーゼロッテの母と同じ名をしていながら何も覚えていない様子だったからだ。

天恵武姫(ハイラル・メナス)化にはそういう副作用もあるのかも知れない。

ただエリスやリップルやアルルには天恵武姫(ハイラル・メナス)になる以前の記憶はあるようなので、必ずそれが起こるわけではないようだ。

「あ、落ちましたよぉ！」

ミリエラ校長が声を上げる。

グレイフリールの石棺から、ユアだけが地上に落ちていく様子だ。

「！　下に虹色(にじいろ)の輝きが見える……！　あれは虹の王(プリズマー)!?」

セオドア特使が続く光景に驚きの声を上げる。

今現場にいるのは、イングリス、ラフィニア、ユア、リップル、ミリエラ校長にセオドア特使だ。

元々はグレイフリールの石棺の中のエリスとヴェネフィクのメルティナ皇女の様子をセオドア特使に見て貰い、場合によっては装置を即破壊し、彼女達を救い出すかの判断をして貰うためである。

ユアの事はどちらかというと主題では無いが、イングリスとしても気になるため一緒に来て貰い、事情を聞いているのである。

「状況から見て、こちらの青年が血鉄鎖旅団の首領の黒仮面の可能性があります。わたし達は彼とシスティアさんが邂逅するところを見ているのかも知れません」

黒仮面がシスティアをイルミナスから救い出し、その事に恩を感じてあのように絶対の忠誠を誓うような態度を取っている、と考えると納得はいく。

「そうかも知れませんねえ」

ミリエラ校長がイングリスの言葉に頷く。

「つまり、ユア先輩自身は、血鉄鎖旅団とは無関係と推測出来るかと。ここで離れ離れになってしまっているのですから」

ユアが下手に血鉄鎖旅団との内通を疑われるような事になってしまうのは、可哀想だ。

ここは一言添えておきたい。

「ええ、それは、そうでしょう」

セオドア特使がイングリスの言葉に頷く。

「ユアちゃんに血鉄鎖旅団との内通を隠して学生生活するような、器用なマネは出来そうにないもんね」

リップルもそう言って頷いていた。

「セオドアさん、イルミナスではこの事故というか、事件はどう伝わっていたんですかあ？」

ミリエラ校長がセオドア特使に尋ねる。

「そうだよね。天上領にとっては結構大事だよね、これ」

「グレイフリールの石棺や天恵武姫については、ヴィルキン博士や父の――技公の間だけで情報が閉じられた状態でした。私も初耳です」

セオドア特使はそう述べて首を振る。

「ユアさんは何も知らないと思いますが、モーリスさんは血鉄鎖旅団の一員でしたし、あちらはユアさんの消息を掴んで監視していた可能性はありますねえ」

「それは否定出来ませんね。本当は天恵武姫としてユア先輩を仲間に引き入れたかったけれど、ユア先輩は以前の事を何も覚えておらず、それが出来なかった、とか……」

「ユアちゃん、何か心当たりは……」

リップルがユアを振り向くと、そこにユアの姿は無かった。

黒仮面と思しき青年の前にしゃがみ込んで、じーっと顔を見つめている。

「おぉ結構イケメンだ」

「あ、ほんとだー♪」

しかも、ラフィニアも一緒に。

「でも、小鬼ちゃんの兄上様のほうがイケメンだった、かな？」

「え？　ラファ兄様ですか？」

「うん。イケメンの神様」

「ははは……神様の妹だからあたしも神様だ、やったぁ」

「そして、将来は私の妹としてもよろしく」

ユアはぽんとラフィニアの肩を叩く。

「えぇえっ⁉　で、でもラファ兄様はクリスと結婚して貰わないと！　ねえ、クリス？」

「わたしは結婚とかはしないから！　そんな事より、ラニもユア先輩もちゃんと聞いて下さい……！」

「まあまあ、それよりクリスもこっち来て見てみなさいよ」

「おっぱいちゃん、目の保養になるよ？」

と、ラフィニアとユアが二人してちょいちょいと手招きしてくる。

「もう……」

話が進まないので、言う通りにしてみる事にする。

そう言えば一人でここにこもっている時も、わざわざ黒仮面と思しき青年の顔を検めようとはせず、気にして見てはいなかった。

まあ、見ておくのも悪くはないだろう、と思う。

イングリスは青年の立っている場所の前に回り込み、何気なく顔を覗き込む。

「なっ――!?」

そして思わず、目を見張ってしまう。

「ど、どういう事だ!?　何故……!?」

思わず口調も声色も、普段の自分を忘れてしまうほどに。

――見覚えがあるのだ。

いや、見覚えがあるどころの話ではない。

これは、この人物は自分だ。

ただし今の時代に生を受けた、イングリス・ユークスではない。

自分の前世、イングリス王だ。

更に言えば、イングリス王の若かりし頃の、青年の姿だ。

他人の空似では決して無い。

自分の事だ。自分が一番分かる。

だが黒仮面が神騎士であるのも、イングリス王の体であれば納得がいく。

一体何がどうなって、黒仮面がイングリス王の若かりし頃の容姿をしているのか、皆目見当も付かない。

今のこの世界では気配の感じられない、女神アリスティアの御業なのだろうか？

「クリス？　どうしちゃったの？」

明らかに動揺しているイングリスを、ラフィニアがきょとんとして覗き込む。

「え？　ああ、ええと、ええと……」

動揺して、うまい言い訳が咄嗟に出てこない。

「ひょっとして、好みのタイプだったり？」

「え？　あ、ああ……そう、かな？　気になるっていうか」

ラフィニアの言葉に、イングリスは曖昧に頷く。

とりあえず話を合わせておいた。

「ええええええっ⁉　クリスがそんな事言うなんて！」

ラフィニアはかなり吃驚した様子だった。

「見ちゃダメ！　クリスはラファ兄様と……！」

後ろから手で目を塞がれた。

「だからわたしは結婚とかはしないから！」

「あ、ユア先輩達消えちゃった」

「この空間が覚えてる記憶だから……」

「あ、ちっこいおっぱいちゃんだ」

空間の記憶が最近の、グレイフリールの石棺の中で修行をするイングリスの姿を映し出す。大分時間が飛び飛びに、だんだんイングリスの姿が成長して行く。

自分の体感時間も長かったが、やはり一度小さくなった体がまた成長して元の姿になる位の時間が経っていたのだ。

どんどんと、イングリスの着ている服が体に引っ張られて小さくなっていく。

身長が伸びて袖や裾の丈も短くなってくるが、一番は胸元だ。

成長して膨らんでいく胸元で強く布地が張り、そして――

ビリッ！

決定的に胸元が破れた。

「あ、おっぱいちゃんのおっぱいだ」

ユアの言う通りの光景である。

完全に胸元が露(あら)わになっている。

「止めてください！　見ないでくださいっ！」

イングリスは空間の記憶の自分の前に立ち、全員から見えないようにした。

そんなイングリス達の様子を見て、ミリエラ校長がため息をつく。

「やれやれ、お話が逸(そ)れちゃいましたねえ」

「ははは、そうですね。賑(にぎ)やかな事です」

「ゴホン！　ともあれ、ユア先輩はあまり事情を覚えていないようですし、一度血鉄鎖旅団の首領やシスティアさんに話を聞いてみたいものですね」

最後に彼等と顔を合わせたのは、アールメンの氷漬(づ)けの虹の王(プリズマー)との戦場だ。

あの時は相手が虹の王(プリズマー)だった事もあり、共通の敵として協力してくれたが、今度はどうなるだろうか。

「ええ……そうでなくとも、今後はイルミナスからの避難民達(ひなんみんたち)がこのカーラリアで暮らします。彼等が安全に暮らしていくためには、セイリーンのように血鉄鎖旅団に襲われては困ります」

セオドア特使の言う通り、マイスやイルミナスからの避難民の天上人達はこのまま地上に留まる事になっていた。

イルミナス自体はボルト湖の中央に不時着して動いていないし、イルミナスと運命を共にしようとした彼等にとっては、そのままそこにいる、というのが自然なようだ。

そしてイルミナスの中枢だった技公が沈黙した今、その代わりの拠り所になるのは技公の息子で跡継ぎであろうセオドア特使だ。

二重の意味で、彼等が地上に留まろうとする理由があるのだ。

今後はイルミナスの修復を行いながら、食料その他の供給をカーラリアに頼る分、見返りに魔印武具や機甲鳥の技術を供与する事になっていきそうだ。双方にとって利のある話である。

空と地上の関係では無く、地上で両者が共存していく先行事例になっていくのだろうか。

セオドア特使やマイスをはじめイルミナスの住民達は、元々天上人としては極めて穏健派で、地上の国々に対して友好的だ。

彼等と共存できないのならば、他の勢力の天上人達と共存するのは難しい。

　何とか成功例を全ての天上人(ハイランダー)達に示すべく、マイス達が地上でも問題無くやっていけるところを示すべき――そしてそのためには、血鉄鎖旅団等の反天上人(ハイランダー)組織に邪魔(じゃま)されてはならない、というのがセオドア特使の考えなのだ。

「では、彼等と交渉(こうしょう)を？」

「可能であれば。先日の虹の王(プリズマー)との戦いでは、彼等も協力してくれました。全く話の通じぬ相手ではないでしょう。個人的には、少々複雑なものもありますが」

　それはそうだ。セオドア特使は妹のセイリーンを、血鉄鎖旅団によって魔石獣に変えられてしまっている。それが気にならないはずが無い。

「でも、それでいいと思います！　あたしも賛成です！　マイスくん達がそれでカーラリアで幸せに暮らせるなら、それが一番だから！」

　ラフィニアがセオドア特使を笑顔(えがお)で励(はげ)ます。

「ありがとう、ラフィニアさん……！　君がそう言ってくれるのならば、私は自分が間違(まちが)っていないのだと、信じる事が出来ます」

　セオドア特使は、嬉しそうな笑顔をラフィニアに向ける。

「い、いえ！　あたしなんてそんな……ただ、マイスくんにあたし達の故郷のユミルを見せてあげたくって、安心して遊びに行ける世の中になってればいいなって」

「それはいい。是非、連れて行ってあげて下さい。見聞を広めるいい機会になるでしょう」

「はい……！」

「しかし交渉をしようにも、血鉄鎖旅団の本拠地はおろかその実態も掴み所がありませんね」

イングリスはラフィニアとセオドア特使の間にすかさず割り込む。

油断はしない、必要以上に二人を近づけてはならない。

ラフィニアがイングリスにラファエルと結婚しろと言い続けるように、イングリスもラフィニアにはまだ恋人なんて早いと言い続ける。絶対にだ。

「わっ……！　ちょっと何よクリス、前見えないんだけど？」

「何でもないし見なくてもいいよ？」

セオドア特使は先程のイングリスの言葉に頷く、

「ええ、それはそうですね……機会を待つしか無いのかも知れませんが」

「少し前までは、聖騎士団や騎士アカデミーにも内通者が沢山いたみたいですけど、アールメンの戦場で皆魔石獣になってしまいましたからねえ……」

と、ミリエラ校長が複雑そうな顔をする。

血鉄鎖旅団の一員が携帯している虹の粉薬が過剰反応し、モーリスやその他戦場に紛れ込んでいた血鉄鎖旅団の人間達が真っ先に魔石獣化してしまったそうだ。

「皮肉な話だね、虹の王のおかげで、内通者を炙り出せて、排除まで出来ちゃったワケだ」

状況としてはリップルの言う通りだ。

「また新たに内通者が増えたりしている可能性もありますが、だからと言ってそれを探し出して血鉄鎖旅団の拠点を吐かせるような真似をすれば、相手の態度を硬化させてしまいますね」

それに、血鉄鎖旅団はそもそも反天上人の組織だ。

それが天上人であるマイス達を見逃して危害を加えないというのは、組織の目的には反する。

仮に黒仮面が首を縦に振っても、部下達も同じだとは限らない。

となると相手の出方次第だが、こちらから血鉄鎖旅団を壊滅させる方向に動く事になる可能性もある。

「ええ、そうですね。平和裡に交渉をしようというのに、それは良くありません」

「結局のところ、彼等がイルミナスの天上人を狙って動く所を押さえるのが、最も確実なのかも知れません」

「……そうはさせたくありませんが」

「う～ん、じっとしててくれればいいんですけどねえ」

セオドア特使もミリエラ校長も困り顔だ。

「いずれにせよ、イルミナスの天上人(ハイランダー)の方々の警備には、力を尽(つ)くします」

「ええ、是非お願いします」

「いえ……血鉄鎖旅団の首領――彼にはまた会いたいと思っていますから」

そう答えるイングリスを、ラフィニアがじーっと見ている。

「な、何、ラニ？」

「好みの相手だからってまた会いたいって言ってないわよね!?　ダメよ、そんなの！」

「ち、違(ちが)う違う！　そんな事無いよ」

「じゃあ、また戦いたいから？」

「う、うん、勿論(もちろん)！」

「だったらいいけど……」

本当はそれも半分間違いだ。

勿論、黒仮面はイングリスの知る中でも指折りの強者だ。

いつでも、何度でも手合わせをしたい、と思わせてくれる相手である。

だが流石(さすが)に、かつてのイングリス王の若かりし頃の姿をしているとなれば、聞きたい事が山ほどある。

だから聞きたい事を全て聞いた後、心行くまで手合わせを楽しみたいものだ。

「さあ、奥に進みましょう。エリスさんやメルティナ皇女は、そちらに」

イングリスは皆にそう呼びかける。

そして奥に進むと、空間の記憶が映し出したユアとシスティアが入っていた円筒状の装置が、いくつも立ち並びはじめる。

「おぉ。これはホンモノだ」

ユアがぺしぺしと、装置の表面を叩いていた。

「でも、空っぽですね」

ラフィニアも同じように装置をぺしぺしと触っている。

確かに装置はいくつも、数十個はありそうに見えるが、その殆どは空で何も入っていない。

だが、全てが空というわけでは無い。

「こっちになんか入ってる、よ？」

「どれですか、ユア先輩……ひぃいぃぃぃぃっ⁉　こ、これガイコツじゃないですか⁉」

ラフィニアが吃驚して悲鳴を上げている。

「……ボクも下手したら、こうなってたって事だね」

リップルはそれを見て、複雑そうな表情を浮(う)かべている。

「今でこそ天恵武姫(ハイラル・メナス)化の成功率は事前に判断し、危険度の高い方の天恵武姫(ハイラル・メナス)化は避(さ)けられますが、昔は手当(てあ)たり次第だったそうです。ヴィルキン第一博士の功績の一つですね」

「……あの人、完全に悪人ってわけじゃないのよね。ヴィルマさんの事を心配してたし、事前に判断できるって事は、失敗して犠牲者(ぎせいしゃ)が出るのを減らす事になるわけだし」

「ラニはイーベル殿(どの)に印象を引っ張られてるから」

「ほんと、それはそうよね……ちょっと反省しなきゃ」

一つため息をつくラフィニアだった。

「でも、悪人だっていうのも間違ってないと思うよ？　ヴィルキン博士が手引きをして、イルミナスは崩壊(ほうかい)したし、セオドア特使のお父上の技公様も沈黙しちゃったって……」

「ああ、そ、そうだ！　ご、ごめんなさい、あたし……！」

と、ラフィニアはセオドア特使に深々と頭を下げる。

「いえ、いいんですよ。あなたの感性は清く、そして正しい……あなたがそう感じるのなら、それでいいのです」

あくまで温和なセオドア特使だった。

「い、いえあたしはそんな……まだまだ子供で、思った事を言っちゃうだけで」

――これは不穏な空気だ。

イングリスはセオドア特使の前にさっと立ち、両者の視線を遮断する。

咳払いを一つし、話題を変える。

「ところで、こちらに残されている亡骸は、後で引き揚げて埋葬して差し上げてもよろしいでしょうか？　先日はそうする余裕もありませんでしたので。その方がリップルさんやエリスさんのお気持ちも晴れるかと思います」

「ええ、勿論です。是非そうしてあげて下さい」

イングリスの提案に、セオドア特使は大きく頷く。

「イングリスちゃん。ありがとね？」

リップルも嬉しそうに微笑んでいた。

喜ぶとそうなるのか、獣の尻尾や耳がぴくぴくと動いている。

「いえ、リップルさんにもエリスさんにもアルル先生にも、いつもお世話になっていますから」

そう話しているうちに、人が入っている装置が二つ、目に入る。

片方がエリス、そしてもう片方が、ヴェネフィクのメルティナ皇女だった。

ている。

装置の中に満たされた液体の中に浸かったエリスは、意識は無いようで静かに瞳を閉じている。

リップルがエリスの入っている装置に駆け寄る。

「エリス！　良かった、無事そうだね、今のところ……！」

「こちらがヴェネフィクのメルティナ皇女ですね」

その隣の装置に入っているメルティナ皇女を見て、ミリエラ校長が言う。

「わたしでは、どうしたものか判断に迷いましたので……お願いします」

イングリスはセオドア特使をそう促した。

中で修行している最中も時折様子は見ていたのだが、特に異変は無かったため、エリスとメルティナ皇女はそのままにしておいた。

セオドア特使に状態を判断して貰いつつ、自分もそれを見て天上領の技術を学んでおこうと思う。

「ええ、分かりました」

セオドア特使は頷いて、装置に取り付けられた制御盤へと手を伸ばした。

騎士アカデミー、大教室――

この日は朝から騎士科と従騎士科の合同の講義の予定だった。

休暇明けからイングリス達はイルミナスに向かい、残りの生徒達も封魔騎士団の活動でアルカード行きをしていたりして、まともに一回生全員が揃って授業を受けるのは久しぶりである。

「ふあぁぁ～。たまにはのんびり授業受けるのもいいわよねえ、ここの所忙しかったし」

「ラニ、だったら居眠りせずにちゃんと聞いてた方がいいよ？」

ラフィニアは早速、隣に座るイングリスにもたれかかって眠気と戦っている様子だ。

「だってぇ、今日は何だか眠いんだもん。おかげで朝ご飯あんまり食べられなかったし」

「いや、物凄く沢山食べてたようにしか見えなかったけど」

聞いていたレオーネが、思わず口を挟む。

普段からイングリスとラフィニアの食べる量は異常なので、レオーネやリーゼロッテからは、細かな違いは分からない。

「何にせよ、皆様が無事にここに揃えたのは結構な事ですわ。久しぶりに落ち着きますわね」

「ええ、アルカードに行ったみんなも、大きな問題は無かったみたい」

「あ～、久しぶりにプラムとラティの顔も見ておきたかったわね～」

そんな、他愛も無い雑談をしながら授業の開始を待っていると――

「皆さん、おはようございま～す！」

笑顔のミリエラ校長が、教室に入ってきた。

「あれ？　どうして校長先生が？　今日校長先生の特別授業じゃ無いわよね？」

ミリエラ校長自ら授業をするというのは、普段はあまり無い事だ。

まだ若いが、これでもれっきとした校長であり、授業以外にもやるべき事は沢山ある立場だ。

入学式後の超重力によるオリエンテーションであるとか、特別課外授業の許可テストであるとか、魔石獣を呼び寄せる状態になってしまったリップルの護衛の指揮であるとか、そういう特別な場面でしか、基本的に生徒を直接指導するという場面は無いのだ。

「という事は、何か大きな問題が起きたんじゃないかしら」

レオーネの言う通りかも知れない。

「またですの？　今度はどこに行かされるのでしょうか？」

リーゼロッテは少々疲れ気味のため息をつく。

「わたし、次は教主連のほうの天上領に行ってみたいな……！　フフェイルベインを取り込んだイーベル殿とも戦いたいし！　あと、天上領の教主様とも手合わせしてみたいなぁ。強いのかなぁ、強いよね？　天上領で一番偉いんだし……！」

「「ははは……」」

顔を輝かせるイングリスに、ラフィニアもレオーネもリーゼロッテも苦笑いを浮かべる。

絶対碌な事にならない、と全員の顔が物語っていた。

「うーん。予定も無く校長先生が授業に来ると、嫌な予感しかしないわねー」

ラフィニアの言葉に、レオーネとリーゼロッテが大きく頷いていた。

それはラフィニア達だけでは無いようで、教室中がざわざわしている。

うげ、とか、ぐえー、とか、嫌なものを見た、とか、色々聞こえてくる。

それを見たミリエラ校長は、心外だと言いたげな表情をしている。

「誰ですかぁ？　重力三倍増しの特別スペシャル訓練の志願者さんは？」

「はい……！　はい！　わたし！　わたしにやらせて下さい！」

イングリスは瞳を輝かせて手を挙げる。

いつもの超重力の魔術より、更に強力な重力負荷をかけられる手段があるのなら、その魔素の動きと配置を学んで、自分の訓練に活かしたい。

「イングリスさんはいいんですよお？　私が来たら喜んでくれたでしょう？」

しかしミリエラ校長は、にっこり笑顔を浮かべてそう言った。

「む……失敗しましたか」

自分も嫌がる素振りを見せれば良かった、と思う。

「コホン。えー、皆さん私が来たら厄介事が起こると思っているようですが、今日はそうじゃないって事をお見せしちゃいますっ！」

ミリエラ校長が一つ咳払いし、笑顔で皆に呼びかける。

「え？　何だろ何だろ？　食堂のメニューが増えるとかかなあ⁉」

「だったら嬉しいけど、わざわざ校長先生が伝えに来る事じゃない気がするね」

その答え合わせは、すぐに行われる。

「はい、という事で転校生を紹介しまーす！」

「転校生⁉　へぇぇ～、そんな事あるんだ、どんな子だろ？」

ラフィニアは明らかに興味を引かれている様子だ。

「では入って下さ～い！　どうぞ～！」

ミリエラ校長に呼ばれて教室に姿を現したのは、淡く水色がかった銀髪をした、気品のある顔立ちの少女だった。

「あっ！」

「あの人は……！」

「ヴェネフィクのメルティナ皇女ですわ！」

そう、格好こそ騎士アカデミーの制服だが、リーゼロッテの言う通りの人物だ。

先日セオドア特使達とグレイフリールの石棺に入った際、エリスとメルティナ皇女が入った装置を調査したセオドア特使は、エリスはそのまま処置が終わるのを待てば問題なさそうだが、メルティナ皇女はすぐに装置から出した方が良いと判断したのだ。

イングリス達は協力してメルティナ皇女を装置から引き出したのだが、メルティナ皇女はその場では意識が戻らず、王城に運ばれ療養する事になった。

こんなにすぐに動けるようになったのは喜ばしい事だが、まさか騎士アカデミーに編入してくる事になるとは――

「こちらメルティナさんで～す！　皆さん仲良くしてあげて下さいね！　特にイングリスさん、ラフィニアさん、レオーネさん、リーゼロッテさん。彼女の事をよろしくお願いしますね～」

ミリエラ校長がにこにこと、そう呼びかけてくる。

「わぁ～！　お姫様だ、お姫様だ、本当のお姫様だ……！」

「ラニ、あんまり大きな声で言わない方がいいよ？」

「え？　どうして？」

「校長先生も、そういう風には紹介してないでしょ？　皆に知られすぎると、良くない事だって起きるんだよ。ラティだってお忍びみたいな感じだったでしょ？」

「ああ、そう言えばそうだったわね」

「でも、ラティはアルカードの人だったから、まだいいんだよ」

アルカードは伝統的に、カーラリアと友好的な関係にあった国だ。

ヴェネフィクと共にカーラリアを挟撃する構えは見せたが、結局それは実行されず未然に防がれた。

そしてその事を正式に謝罪し、真っ先にウェイン王子の封魔騎士団構想に賛意を示し、実際にその活動を受け入れてもいる。

そういう関係だから、ラティの素性が生徒達に広く知られてしまっても、特に大きな問題は起きなかっただろう。

だがメルティナ皇女はヴェネフィクの姫君だ。

ヴェネフィクはアルカードと違い歴史的にカーラリアの敵国である。

元々人々の印象はアルカードとは随分違うし、先日は直接攻撃を受けたばかりだ。

虹の王の侵攻を、ヴェネフィクのせいだと考える者もいる。

メルティナの素性が知れれば、良からぬ事を企む者もいるに違いない。

それを言うならロシュフォールやアルルもヴェネフィクの人なのだが、アルルは人々にとって国を守る女神たる天恵武姫だし、ロシュフォールは特級印を持つ図抜けた実力者だ。

反感を覚える人間もいるのだろうが、それを実力で黙らせている感はある。

メルティナ皇女にそこまでのものがあるかというと、そうでは無いだろう。

「わたし達は元々知ってるから。だから校長先生がわたし達によろしくって言うんだよ」

無論ロシュフォールやアルルが手助けはしてくれるだろうが、生徒側として、メルティナ皇女を見守って欲しいという事だ。

「なるほど……今、色々揉めてるもんね、ヴェネフィクとは――」

先日もイルミナスでヴェネフィクのマクウェル将軍と一悶着起こしてきた所だ。

彼のあの能力と力がカーラリアへの侵攻に使われれば、あの氷漬けの虹の王と同じくらいの被害をもたらすかも知れない。

「まあ、校長先生が来たら厄介事が起こるっていうのはあってるかもね？　ふふふ……わたしはそれでいいけど」

メルティナ皇女だけで無く、マイス達イルミナスの天上人もボルト湖に迎える事になったし、身近に火種が沢山増えた、という事だ。

「「「良くないっ！」」」

ラフィニアとレオーネとリーゼロッテに、揃ってそう言われてしまう。

「はい、じゃあメルティナさんは、あそこに～。ラフィニアさんの隣に座って下さいね～」

そうしているうちに、ミリエラ校長に促されたメルティナ皇女がイングリス達の側にやって来る。

「皆様、その節は本当にお世話になりました。私の命をお救い頂いて……本当に感謝致します」

メルティナ皇女は深々と頭を下げ、丁寧にお礼を述べてくる。

「い、いえ、他の人は……助けられなくてごめんなさいっ！」

ラフィニアがそれに負けないくらい、深々と頭を下げていた。

ずっと気にしていたのだ。

優しい子だ。こういう所を見ていると、イングリスとしては微笑みを禁じ得ない。

やはり自慢の孫娘、である。

「お気になさらないで下さい、そもそも私の力不足が原因なのです。彼等に生かして貰ったと思って、この命、大切にします」

メルティナ皇女はそう言って微笑む。

「私は強くなりたいんです。もう二度と、私の前であのような事を起こさせないように、身も心も強く……そのためには、こちらで多くの事を学びたいと思っています。どうか色々教えて下さいね？」

「勿論ですっ！　ね、クリス？」

「はい、安心してこちらで過ごせるよう、尽力させて頂きます」

メルティナ皇女は、ヴェネフィク内の政争で敗れ天上領に身柄を売り飛ばされているような状況だった。

助かったからといってヴェネフィクに帰る場所は無く、事情を聞いたカーリアス国王やウェイン王子が騎士アカデミーのミリエラ校長に身柄を預ける事にしたのだ。

ヴェネフィクとの今後の状況次第では、メルティナ皇女が重要になってくる場面もあるかも知れない。

例えば、カーラリアからヴェネフィクに侵攻する際、メルティナ皇女を形式的な総大将とし、カーラリアからの侵略では無くメルティナ皇女による、ヴェネフィク現体制の打倒、解放であると謳い、ヴェネフィク国民の反発を抑える、とか――

カーラリア側からすれば、保護する価値のある人物だ。

全てを失ったメルティナ皇女に騎士アカデミーの安くはない学費を負担する事は出来ないだろうが、それを全部負担しても安いもの。

人一人にかかる経費など、たかが知れている。

もしイングリスがカーリアス国王やウェイン王子の立場だとしても、同じような対処をしていた。

「私達もできる限りの事はします、何でも聞いて下さい！」

「色々驚かれる事もあるかも知れませんが、そこはお覚悟を……」

「……それは間違いないわね」

「「？」」

頷くレオーネに、きょとんとするイングリスとラフィニア。

多分早速お昼休みに、メルティナ皇女は度肝を抜かれる事になる。

そう思って、リーゼロッテは親切心から言ったのだが、いくつか授業を終えた数時間後のお昼休み――

「ん～！　今日も美味しい～♪　ねえメルティナ、これがAセットね！」

「はい、美味しいですね」

「こっちはCセットだよ、わたしこれ好きなんだ」

「ええ分かります、美味しいですよね」

ばくっばくっばくっばくっ！

喋りながらも凄い勢いで平らげられていく料理の数々。

限りあるお昼休みの時間の中で、どれだけの食べ物を摂取できるかの戦いのようにも見えてくる。

「あああぁぁぁぁ、野菜が足りない！」

「肉も足りないよっ！」

「卵もっ！　パンも！　全部足りないっ！」

――特に、厨房で料理をするために動き回っている、食堂のおばさん達の方は。

いつもイングリスとラフィニアの胃袋と戦って、鍛えられているはずなのに。

「よしラストスパートよ！　AからEまでもう二周！」

「じゃあ、わたしも」

「では、私も」

メルティナ皇女はイングリスに続いて、平気な顔をしてそう言うのである。

「ふ、増えてる……!?」

「る、類は友を呼ぶ、ですわねぇ――」

レオーネとリーゼロッテは、逆に度肝を抜かれて顔を見合わせていた。

番外編 ◆ 剣姫の記憶

それは、イングリスがグレイフリールの石棺の中で修行を続けている最中の事——

姿勢を正して座り、極限までの精神集中をしていたイングリスは、瞑(つぶ)っていた目を開いて一息吐いた。

「……ふう、少し休憩(きゅうけい)しようかな」

自らの霊素(エーテル)を細かく精緻(せいち)に練り上げていく、芸術品を創り上げるような繊細(せんさい)な作業だ。

それを突(つ)き詰(つ)めて、極めていけば、いつか真霊素(ハイ・エーテル)に辿(たど)り着くはず。

そうすれば、神行法(ディバインフィート)がイングリスの独力で使える。

いかに中から出口を開く事が不可能なグレイフリールの石棺と言えども、神行法(ディバインフィート)でイングリスのいる場所そのものを石棺の外であるように、世界に認識(にんしき)させてしまえば結果的には脱出(だっしゅつ)できるはずだ。

武器化したエリスやリップルやアルルを、一度手にして神行法(ディバインフィート)の存在を実感できているのは大きい。

あれを目指せばいい、という明確な目標になってくれる。

もしそれが無ければ、流石に希望を見失い、狼狽えていたかも知れない。

あとは、修行の完成に時間がかかり過ぎてしまい、イングリスが中で老衰して力尽きなければ問題無い。

既にもう、一度幼女になった体が成長してきて、服がきつくなってきているが、真霊素への手がかりは掴みつつある。

もう少し、もう一歩だ――

「早く戻ってあげないと、ラニも心配してるだろうし……それに――」

何よりも、自分が寂しい。

ラフィニアとこんなにも長く離れ離れになったのは、イングリス・ユークスとして転生して初めての事だ。

孫娘の顔が長い間見られなくて、寂しく思わない祖父がいるだろうか？

いや、いない。

何も恥ずかしくない、人として当然の感情だ。

そしてこの気持ちが、イングリスの背中を押し、修行の速度を上げてくれているのも確かである。

「早くラニの顔、見たいなあ」

そう呟きながら、イングリスが向かうのは、エリスとヴェネフィクのメルティナ皇女が入っている円筒状の装置の前だ。

休憩がてら、何か異変が無いか時折様子を見に戻っている。

普段はエリスもメルティナ皇女も、静かに目を閉じて装置の中に満たされた容器に浸かっているのだが——

今はエリスの様子が、普段と違っていた。

「エリスさん？」

身を抱えるように縮こまり、表情も辛そうな、今にも涙を流してしまいそうな、そんな様子だ。

浸っている溶液で分からないだけで、既に涙が流れていたのかも知れない。

「…………」

何か辛い事を思い出しているのだろうか？

エリスは以前にも、グレイフリールの石棺に入っているはず。

その頃の事を思い出して、涙している？

エリスが天恵武姫化の処置を受けたのは、今より四百年以上前の事らしい。

当時は天地戦争なるものが起きていた頃のようだが、一体何があったのだろう？

イングリス王が建国したシルヴェール王国と、何か関係はあるのだろうか？

聞いてみたいが、声は届かない。

イングリスにできるのは、装置の表面にそっと触れてみる事だけだった。

だがそうする事で、イングリスが手を触れた部分から輝きが生まれ、急激に広がっていった。

「っ⁉　な、何が……っ⁉」

原因不明の光が視界を覆い尽くす程に広がっていき、イングリスの意識は遠のいていく。

「……お姉様、エリスお姉様！」

宮殿の屋内に作られた箱庭に佇むエリスの耳に、自分の名を呼ぶ声がする。

泉に映し出された自分は、水色の綺麗なドレスに身を包んでいた。

ただし、格好こそ華やかではあるが、浮かない表情だ。

とてもそんな場合ではないのだから。

「ティファニエ？」

自分より少し年下の、とても美しい少女だ。

エリスの国とは祖先を同じくする、いわば兄弟国と言える間柄の国の姫君である。

エリスとティファニエも、遠縁の親戚、という事になる。

幼い頃からよく顔を合わせる仲なので、ティファニエはエリスの事を姉のように慕い、こう呼んでくれる。

今はエリスの国の宮殿で、出征に出た父王や兄王子達の帰りを待っている所だった。

ティファニエの国や周辺国とも共同した、連合軍としての軍事行動である。

その間一人で待つのは嫌だから、とティファニエがこちらに来たがったのだ。

「どうかしたの？　そんなに急いでは、転ぶわよ？」

「で、でも！　急いでお姉様にお知らせしないと……！　きゃあっ⁉」

エリスの目の前でティファニエは転んでしまい、何とかエリスはそれを受け止めた。

隣国の姫に怪我をさせずに済み、ほっと一息だ。

「もう、驚かせないで……それで、何かあったの？」

「は、はい！　連合軍の皆様が、お戻りになられたそうです！」

「えっ⁉　本当に⁉」

「はい、お城の外に、軍の姿が見える、と！」

「見に行きましょう！」

エリスはティファニエと連れ立って、遠くが見渡せる城の屋上へと向かう。

そして目に入って来たのは――

ここを立つ時の威風堂々とした姿からは、似ても似つかない姿だった。

「っ⁉」

軍勢の数自体がそもそも半分以下、いや、もっと少ない。

そして誰も傷を負っていない者がいない。

皆足を引きずり、肩を押さえ、足取りがとても重そうだ。

「こ、これは？」

「ま、負けたんだ、我ら連合軍は……」

「伝令も出せぬ位の、有様だったという事か⁉」

「こ、これからどうなってしまうんだ……」

屋上に集まった人々が、口々に不安を漏らしている。

中には力が抜けて、がっくりと地面に膝を突く者もいた。

「こ、こんな……お、お父様やお母様はどうなってしまわれたの？」

ティファニエも声を震わせ瞳に涙を滲ませ、崩れ落ちてしまいそうだった。

エリスはそれを、抱き寄せてぐっと支えた。

「大丈夫、大丈夫よ、ティファニエ……私がいる、私はいるから……」

そう言う事しかできない自分に、無力感を覚えざるを得ない。

エリスの父王や兄王子も、どうなってしまったのか分からない。

父王は今回の連合軍の盟主であり、総大将だった。

それを止められなかった自分もまた、無力だ。

連合軍の戦う相手は——天上領とそこに住まう天上人だった。

虹の雨によって現れる魔石獣は、魔術を操る魔術師にしか撃退できないが、それを誰でも行えるようにする魔印武具なる武具を譲り渡す代わりに、地上の作物や物資を引き渡して欲しい、と彼らは条件を持ちかけてきた。

それだけを聞くと対等にも思える話だが、遠方の国では、いずれ魔印武具への依存が進むと、天上領側は交換の条件をつり上げ、作物や物資だけでなく人員や領土の割譲を求められ、魔術師の処刑や魔術教育の禁止も強制されてしまうとの話もあった。

それらの情報から、エリスやティファニエの国では天上領の要求は無視し、虹の雨と魔石獣からは、魔術師達の力で国と人々を守ってきた。

魔術師は希少な存在であり、年々数を減らして行く一方ではあったが、元々エリスやティファニエの国は魔術師の数も多く研究も盛（さか）んだった。

流石に究極の魔石獣と言われる虹の王（プリズマー）についてはどうしようも無く、もし現れたのならば天変地異の一種として諦（あきら）めて避難（ひなん）する他は無かったが。

それはエリスやティファニエの国だけで無く、知る限りの諸外国でもそう認識されていた。ともあれ虹の雨（プリズムフロウ）から国を守っていく事には、何の問題も無いはずだった。

しかし、全ての国がエリスやティファニエの国のようには行かなかった。

元々抱える魔術師の数が少なく、虹の雨（プリズムフロウ）に悩（なや）まされていた周辺国の中には、天上領（ハイランド）との取引を始める所もあった。

そして噂（うわさ）の通り、交換の条件は徐々（じょじょ）につり上がり、そこに住んでいた住民ごと街一つを新しい天上領（ハイランド）として持ち去られるといった事態が発生し始めた。

あまつさえ、魔印武具（アーティファクト）との交換条件として、天上領（ハイランド）の命を受け他国を侵略するような事も起こり始め、エリスやティファニエの父王達も黙ってはおれなくなり腰（こし）を上げた。

周辺国への侵略を働いた地上側の国を責めず、全ては天上領（ハイランド）が糸を引いた事として、天上領（ハイランド）を周辺地域から排除（はいじょ）すべく結束を呼びかけたのである。

もともと周辺地域の中では随一（ずいいち）の強国であり、その王が自国のためだけで無く、周辺国も含めた地上全体を思って立ち上がったとの事で、その行動は喝采を浴び、連合軍には多くの国々が参加した。

連合軍がここから出発していく姿は、雄壮の一言で、エリスも勝利を信じたし、祈っていた。

今見える敗残の軍勢には、その時の輝きは微塵も残っていなかった。

「……こうしている暇はありません！　すぐに温かい食事と、寝床の準備を！　私達を代表して戦って下さった彼等を、せめて労ってあげましょう！」

エリスは努めて声を張り、打ちひしがれている様子の城の人々に呼びかけた。

自分の声も恐ろしくて震えてしまいそうだったが、何とかそれは我慢した。

「は、はい……！　エリス様！」

「承知致しました！」

「よ、よし、行こう！」

「せめてできる事を……！」

エリスの言葉に励まされ、皆が動き出そうとするが――

ぽつり、ぽつり……

頬や額に、雨粒が当たる。

「これは……⁉　お姉様、虹の雨（プリズムフロウ）が！」

ティファニエの言う通り、降ってくる雨は虹の雨（プリズムフロウ）だった。

「え、ええ……こんな時に降らなくてもいいのに！　とにかく、こちらへ向かってくる方々を、早く迎え入れてあげて下さい！」

「ああっ！　ま、魔石獣が……！」

震える声でティファニエが指差す先に、何体もの魔石獣が生まれ、こちらへ落ち延びてくる連合軍の兵士達に襲（おそ）いかかろうとしていた。

「きゅ、救援（きゅうえん）を！　彼等に戦う力は残っていません！　魔術師の部隊を！」

「え、エリス様！　兵達を守りながらあの規模の魔石獣に対処できるほどの人数はおりません！」

「そんな⁉　でも、彼等を見捨てるわけには――」

エリス自身、多少の武術の心得はあるものの、魔術を使う事はできない。

魔術を扱（あつか）う事のできる魔術師は、唯一魔石獣（ゆいいつませきじゅう）から国や人々を守れる存在だ。

自分もそうありたいと何度も訓練をしたが、魔術を扱えるようにはならなかった。

父王や兄王子は強力な魔術を操る、まさに王や王族に相応（ふさわ）しい人物だったが、魔術の才能は遺伝する事も、しない事もあるらしい。

だからこそエリスは、この国だけでは無く地上の運命を懸けるような戦いに際しても、後方に残されたのである。

「お、お姉様！　兵士の皆さんがっ！」

ティファニエが指差した先で、魔石獣達が味方の兵士達を襲い、喰らい始める。

傷ついた兵士達に反撃する余力は殆ど無く、次々と犠牲者が増えていく。

僅かに残った魔術師達が反撃する動きも見せるが、多勢に無勢だ。

貴重な生き残りの魔術師達が、無為に命を散らしていく。

「いけない！　魔術師で無くても構いません、動ける者は救援に！」

「エリス様！　それはむ、無謀かと！　魔術師でなければ魔石獣は撃退できません！」

「も、申し上げ辛い事ですが、魔石獣が侵入せぬように、城下の門を閉じるべきです！　さもなくば、兵達を追って魔石獣が場内に雪崩れ込んできます……！」

エリスに向かってそう進言するのは、父王が留守を任せた大臣だった。

「そ、そんな事をすれば、場外の兵達はどうなる⁉」

「二度と国や民のために戦おうという気持ちにはなれんぞ⁉」

「しかし見ろ！　あの魔石獣どもは皆、地を走る獣達だ！　城門さえ固めれば、奴らは越えられずにどこかへ走り去るはずだ！」

「場内の民は守れる！　その方が結果的な被害は少なくて済む！」

その大臣の意見について、反対する者もいれば賛同する者もおり、真っ二つといった様相だ。

どちらを選べばどうなるのか、それは分からないが、このまま時間が過ぎてはどちらも立ち行かなくなる。

この場は自分が――エリス自身が決めねばならない。

決断を下せる立場にあるのは、自分だけなのだから。

「……いいえ！　やはり傷ついた兵達を見放す事はできません！　城内から出撃し、魔石獣の群れを引きつけます！　その間に兵達を城に迎え入れます！　指揮は私が取ります！　さあ、行きましょう！」

エリスは決然とそう宣言する。

「お姉様！　私も行きます！　私も一緒に！」

ティファニエがそう申し出る。

彼女も魔術師ではないが、武術を学ぶエリスを見て、自分もやりたいと言い修練は共にしてきた。

父王も兄王子もどうなったか分からない今、一緒にいてくれる事は心強い。

「ええ！　行きましょう、ティファニエ！」

「はい、お姉様！」

その日――エリス達は天上領（ハイランド）との戦に敗れて敗走してくる兵士達を千人、城に収容する事に成功した。

ただし、城下に雪崩れ込んだ魔石獣により、三千人の住民達が犠牲（ぎせい）となってしまった。

エリスの国を中心とする連合軍が、天上領（ハイランド）との戦いに敗れて一月――

父王や兄王子は帰る事が無く、後に戦死をしたと生き残りの騎士（きし）から聞かされた。

二人とも強力な魔術師だったが、天上領（ハイランド）の大戦将（アークロード）グレイフリールという男と戦い、討（う）ち取られてしまったらしい。

王家の血を引く者はエリスしかおらず、女王として即位（そくい）する事になり、その当日、王城の前には多数の人々が詰めかけていた。

それはエリスの即位を祝い、これからの国の復興のために、力を合わせていく事を誓（ちか）い合うものではなく――

「「反対だ！　何故(なぜ)無駄(むだ)に国を危機に晒(さら)し、滅(ほろ)びを招こうとする者達を崇(あが)めねばならないのだ！」」

「「しかも新たな女王は、魔術を操る力も無い！　そんな者には国を守っていく力は無い！」」

「「そうだそうだ！　新女王の即位には反対する！　王家はもう限界だ！　その地位を降りるべきだ……！」」

地鳴りのような怒号(どごう)が、城を取り囲む群衆から響(ひび)いてくる。

天上領(ハイランド)との戦いに破れた後、国では魔術師の数が圧倒的(あっとうてき)に足りなくなり、虹の雨(プリズムフロウ)と魔石獣に対する防衛に支障を来すようになってしまった。

人々の不安と不満は高まり、それは天上領(ハイランド)との戦いに打って出た父王や王家への批判に向いた。

そもそも自国は何も問題が無かったのに、王家の連中が余計な事をしたせいで、魔術師達が壊滅(かいめつ)し自分達の身まで危(あや)うくなってしまった、と。

確かに、そう言えばそうなのだが、天上領(ハイランド)の横暴を見て見ぬふりをせず、自国だけで無く地上の国々のために立ち上がった父王や兄王子の志は、どうなってしまうのだろう？

皆戦いの前は素晴(すば)らしいと喝采し、諸手(もろて)を挙げて送り出してくれたのではないか。

その事を全く忘れてしまったかのような、城を取り囲む人々の様相だった。

「「忘れるな、諸君！　彼女は自分の縁者や高級騎士の身を守るために、諸君らを犠牲にした冷血の女だ！　決して人を導き国を守る事は出来ん！　我らの国を我らの手に取り戻すのだっ！」」

群衆の先頭に立つのは、父王が留守を託した大臣の男だった。

城に向かって落ち延びてくる兵士達が魔石獣に襲われた際、城門を閉めて守りを固めるように進言した者である。

あの時エリスはその提案を拒否して、魔石獣を引きつけ兵士達を城に収容するために出撃を命じたが、結果的に兵士達は助けられたものの、王都の中に魔石獣を呼び込む事にもなってしまい、助けた兵士の数倍の住民の被害が出てしまった。

「そんな……！　エリスお姉様は、私達はそんなつもりでは！」

城の外の光景を見て、涙ぐんで俯くティファニエ。

王位を継ぐエリスの戴冠式に、列席するために来てくれていたのだ。

「仕方ないわ、ティファニエ……仕方ないのよ、結果的に多くの市民の犠牲者を出してしまったのだから」

「で、でもお姉様、私達どうすれば……」

途方に暮れるエリスとティファニエに、声を掛ける者がいる。

「女王陛下！　我らにお命じを！　民をかき分け、あの卑怯者めを捕らえて御身の前に引き摺り出してご覧に入れます！　先王亡き今、皆が一致団結せねば国を守れぬというのに、民を煽動し反逆を企てるなど言語道断！　奴は自分が王位を手にしたいだけでございます！」

そう進言をしてくるのは、先日の敗戦の後、新たに任命された騎士団長である。

エリスとティファニエの行動により、魔石獣の追撃から命を救われた一人であり、エリスには感謝をし、忠誠を誓う事を約束してくれた人物だ。

「「騎士団長殿の言う通りです、エリス様！」」

「「我らも団長にお供します！」」

そう言って賛同する者達も、エリスとティファニエの行動によって命を救われた者達が多かった。

エリス達の決断は、都に住む住民達の不興を買ったが、逆に騎士や魔術師達の信頼を得ていたのである。

しかし——このままではいけない。

「待って下さい！　皆さん、落ち着いて！　皆が一致団結しなければ、国を守れないのはその通りです！　だけど、今この市民達を力で制圧すれば、ますます皆がバラバラになるだけです！　出撃は許可出来ません！」

「しかしエリス様、他にどうすれば!?」

「私が行きます！　しっかり向き合って、納得行くまで話し合うしかありません！」

「き、危険です！　御身に何かあれば、我が国は統合の象徴を失い、それこそバラバラになってしまいます！」

「だけど、やらなくては——！」

そう話し合っている最中、更に場外から煽り立てるような声が飛ぶ。

「どうした、何も言えずに城に閉じ籠もって震えているだけか!?　流石王家の出涸らしと騎士団の出涸らし共は、揃って無能の臆病者揃いだなぁぁぁぁっ!?」

そう言われても、仕方が無いのかも知れない。

結局エリスに力があれば、市民に被害を出さず、魔石獣の追撃から敗走してくる味方の兵達を守れたかも知れない。

そうすれば、こんな事態にはなっていなかった。

父王や兄王子ならば、それが出来たはずなのだ。

エリスは歯噛みするだけだったが、騎士団長の方はそれだけでは済まなかった。

「それが国と民を守るため、前線に立った者達に浴びせる言葉か！　自分達は安全な後方に居続けておいて、何をほざいているのだ⁉　もう勘弁ならん……！　姫様方、我等は出撃致します！　お止めにならないで下さい！　皆の者、行くぞ！」

「「おおおおおおぉぉぉぉぉぉっ！」」

騎士団長の呼び掛けに、その場の全ての騎士達が賛同し雄叫びを上げる。

「待って！　お願いです、待って！　国のために一つになる覚悟を、私達の方から示さないと……！」

「聞けませぬ！　奴は先王も兄君も、全ての国のために散った者達を愚弄したのです！　この怒りは、あの悲惨な戦に立ち会った者にしか分かりませぬ！」

「……！」

――止められない。

エリスも天上領との戦いには参加出来ず、後方で帰りを待つだけだった。彼等の心の内を完全に理解する事が出来ないし、何よりエリスの言葉が届かない。

言葉とは何を言うかよりも、誰が言うかの方が大事だ。

エリスが言ったのでは、彼等を止められないのだ。

「御免っ！」

「あぁ……っ!?」

エリスを押し退けて、騎士団長と騎士達は広間を出て行ってしまう。

父王や兄王子ならば、同じ言葉で彼等を止められたに違いない。

強力な魔術の力に訴えて、無理に止める事も出来る。

エリスにはどれも、出来なかった——

「お、お姉様！　大丈夫ですか……!?」

「え、ええ……」

エリスとティファニエ以外は誰もいなくなってしまった広間で、ティファニエがエリスを助け起こしてくれる。

「ど、どうしましょう？　どうすればいいの？　このままでは……」

「わ、私が悪いのよ……私が何も出来ない、ただ王家に生まれただけの人間だから……！」

「そんな！　お姉様は、国と人々を守ろうと、必死に努力しています！　決してそんな事は……！」

そう言っているうちに、俄に外が騒がしくなる。

外に出た騎士団長達が、押しかけた市民達と揉み合いを始めたのだ。

怒号。剣戟の音。そして悲鳴——

「ああ……！　ごめんなさい、お父様、お兄様……！」

エリスの目から、涙が溢れる。

こんな、残った人々が殺し合う未来など、父王や兄王子が望むはずがない。

このままでは、国がバラバラになってしまう。

国を守る側の騎士達が、守るべき民に剣を向けて、一つになれるはずがない。

その事は分かっている。分かっているのに、止められない。

これは全て、残された自分の無力さが故だ。

無力感と罪悪感とで、押し潰されそうになる。

だがその時――

騎士団長達と群衆が押し合いを続ける王城周辺に、次々と爆発が起こり始める。

「「「うおおおぉぉぉぉっ⁉」」」

「「「な、何だっ……⁉　誰の仕業だっ⁉」」」

それはどちらの勢力にとっても想定外だったらしく、混乱の怒号が水を打ったように静まり返って行く。

ゴゥン――ゴゥン――ゴゥン……

そしてその場に響く、遠く高い空から響く振動音（しんどうおん）。

「あ……お、お姉様、あれは！」

ティファニエが指差す空に、いくつもの船が浮（う）かんでいた。

「は、天上領（ハイランド）⁉」

同じ国の民同士で殺し合う事態だけは避（さ）けられたのは、不幸中の幸いだったのかも知れない。

「天上領（ハイランド）の大戦将（アークロード）、グレイフリールだ。以後お見知りおきを」

天上領（ハイランド）の軍勢を率いる指揮官の男は、エリスが座（すわ）る予定だった王の玉座に座ると、そう名乗った。

「……っ！　グレイフリール……！」

父王と兄王子は、天上領（ハイランド）との戦でグレイフリールという男に討ち取られたと聞いている。

つまり、この男が――

「で、ではあなたが伯父様やお兄様を……！　よくも……っ！」

「止めなさい、ティファニエ！」

エリスはグレイフリールを睨み付けるティファニエを、エリスは鋭く制する。

父王と兄王子の仇。

それは確かだが、つまり父王と兄王子を討ち取れる程の、強大な力を持つという事だ。

だからこそ、少人数でエリス達の城に乗り込んでこられるのだ。

下手に手向かって、無事に済むはずがない。

「で、でもお姉様！　お姉様は悔しくはないのですか……⁉」

「…………」

グレイフリールは、黙したままティファニエに視線を向ける。

そのたったの一瞥が、恐ろしい程の威圧感と殺気を孕んでいた。

まるで獅子や虎のような猛獣が、食い殺す寸前の獲物を見つめる目だ。

「う……あう……」

凍り付いたように、ティファニエはそれ以上何も言えなくなる。

「と、とにかく静かにしていなさい、ティファニエ……！」

エリスはティファニエを庇うように、グレイフリールと彼女との間に進み出る。

「……我々はあなた方の、天上領（ハイランド）側の提案を受け入れます。魔印武具（アーティファクト）なる武具と、地上で採れる作物や物資の取引を――」

「ぬるい、そんな話ではない」

　しかしグレイフリールは、静かに首を振（ふ）る。

「は……？」

「それは双方（そうほう）友好的に、交易を始める場合の話だ。忘れるな、すでに貴国は我々天上領（ハイランド）に軍を差し向け、滅ぼそうとしたのだ。こちらとしても相応の被害（ひがい）を出している。これは商売の話などではなく、敗戦した貴国に対する降伏勧告（こうふくかんこく）だ」

「降伏勧告……」

「従わねば滅ぼす。まずはその事を肝（きも）に銘（めい）じろ。もはやこの国に、それを止める術はあるまい」

「「「……っ」」」

　エリスだけではなく、その場に詰めかけた騎士達も、誰も反論できなかった。

　もはやこの国に天上領（ハイランド）と戦う力など残されていない。

　連合軍としての出征に全精力を使い果たし、自国に現れる魔石獣の討伐（とうばつ）すらままならない状況（じょうきょう）なのだ。

しかも自国民同士で争いが起きる寸前だった。

天上領に滅ぼされる前に、自分達で滅びても可笑しくない状況だったのだ。ならば、こう答えるしかない。

「あなたの仰る通りです。天上領に……降伏します」

「殊勝な心がけだ」

グレイフリールは静かに、だが値踏みをするように、頭の上から爪先までエリスの身に視線を這わせる。

纏わり付く視線が何とも心地悪く、身震いする程の恐怖を感じる。

自分が内心怯えている事も、この視線は見透かしているのだろうと思えた。

だが正式な即位はできておらずとも、自分はこの国を父王から引き継いだ身。

何としてでも、どんな事をしても、国と民を守らねばならない。

その決意だけはある。だからエリスは自ら、グレイフリールに問いかける。

「それで、降伏の条件は……？　私達に何をお求めですか？」

「……王家は、存続しても良い。国体を変えようとは思わぬ、ただし――」

そうしてグレイフリールが求めてきた条件は、苛烈なものだった。

天上領の軍や人員の、自由な駐留を受け入れる事。

地上の作物や物資は、天上領の求めに応じて必要量を随時提供する事。

魔石獣や他国からの防備は天上領側が受け持つが、そのための人員を天上領側が自由に徴発して良い事。

魔印武具は地上に持ち込むが、それを扱うのは天上領側が徴発した兵士に絞る事。

つまり人も物も天上領が好きに召し上げて良い、という事だ。

そして国を守ってはやるが、魔印武具を持つのは天上領の人間だけで、エリス達の国のものになるわけではない。

最初の交易の条件とは圧倒的に異なる、実質的に天上領の支配地となるという条件だった。

こうなると王家など名ばかりで、地上の属領を治める代官程度にしか過ぎない。

そして更に、国の中で魔術師狩りを行い、魔術師は徹底的に根絶やしにする事。

魔術の書物や道具は、全て燃やし、破棄をする事。

これは、天上領の魔印武具以外には魔石獣から身を守る術を無くさせ、未来にわたって反抗の芽を摘む策略だ。

どれもこれもが、受け入れがたい条件だった。

だが、状況的にエリスはそれを受け入れるしか無かった。

唯一の救いは、グレイフリールと天上領の軍の出現により、内乱は未然に防がれた事だ。

それだけは良かった。それだけは――

そしてそれを救いにして、どんな環境であろうとも、自分に出来る事を出来る限りやるしかない。

エリスはそうして、その後の状況に向き合っていく事にした。

はぁ、はぁ、はぁ……

エリスは乱れた寝台の上で、弾んだ息を整える。

そうしながら真っ白なシーツを体に巻き付けると、肌に浮かんだ汗が清潔な布に滲んで行くのが分かる。

汗で汚してしまうのは申し訳ないが、用も無いのに一糸纏わぬ姿を晒すのは嫌だ。

心を許したわけではない。自分が望んで行う事ではない。

これがエリスに出来る唯一の抵抗だった。

「何を休んでいる」

しかしすぐに、エリスが体に巻き付けたシーツを剥ぎ取られそうになる。

それをしたのは――大戦将、グレイフリールだ。

表情を変えない仏頂面だが、そんな顔をしながら、底知れない欲をエリスにぶつけてくるのだ。

「もう少し、休ませて下さい」

目線を外しながら、エリスはシーツを引き戻そうとする。

「ふむ。私を煩わせるな。ならばもう一人の姫君もここへ喚び出させるまでだ」

「！　だ、駄目っ！　ティファニエには、ティファニエには手を出さないで下さい！　あなたの相手は私がします、もう十分休めましたから……」

言いながら、エリスは自らシーツを取って、裸体をグレイフリールの前に晒す。

「うむ。いい心がけだ」

グレイフリールは一瞬だけ僅かに笑みを浮かべると、エリスの脚を押し開いてくる。

――もう、何度目だろう？

はじめは嫌悪感と恐怖感と、そして痛みで、終わった後は一人で泣いた。

だが、それも今はもう慣れた。

嫌か嫌ではないかと言えば嫌だが、力も人望も無い名ばかりの女王が天上領(ハイランド)の大戦将(アークロード)と渡り合うには、これしかないとも思える。

グレイフリールがエリスの体に目をつけてくれたことは、不幸中の幸いだった。

彼を受け入れる代わりに、と魔術師狩りだけは止めさせ、国外への追放だけで済ませることが出来た。

故郷を追われた魔術師達は哀(あわ)れだが、それでも命を取られるよりはいい。

どこか遠い別の国で、穏(おだ)やかに暮らせることを心から願っている。

それに天上領(ハイランド)側が自由に人を徴発していいという条件も、必ず本人の同意を得た上で、王宮のエリスに報告すること、奴隷(どれい)のような扱いはしないこと、という付加条件をつけて貰(もら)っている。

それを破れば自分で自分の命を絶つと言ってグレイフリールを脅(おど)したのが功を奏してくれたようで、今の所それも守られている。

エリスがグレイフリールに身を捧(ささ)げることにより、きっと多くの国民の命が助かっているに違いない。

だから——これでいい。自分に出来ることはこれくらいだから。

一人だけ天上人(ハイランダー)に国を売って優雅(ゆうが)な暮らしを楽しんでいるとか、天上領(ハイランド)と寝(ね)た娼婦(しょうふ)とか、そういう言い方をされているのも知っている。

女王エリスの評判は、決して芳しいものではないのだ。


――数時間後。


はぁ、はぁ、はぁ……

グレイフリールが去った部屋の寝台で、エリスは荒い息を整えつつ思う。

何と言われても、自分は国と民のために出来ることをする。

それでいいのだ――

◆◇◆

グレイフリールがやって来て、一年程が過ぎたある日。

エリスは中庭に続く人気の無い回廊を歩いていた。

「……変ね？」

まだ朝は早いが、人気が無くなるような時間ではないはずだ。
朝は朝で、朝の支度をする宮女達が忙しなく動き回っているはずなのだが。
エリスは朝方の中庭で花を愛でるのが好きだった。
今はティファニエもこちらの城に来ているから、よく中庭を一緒に散歩したりもする。
だから普段の朝の様子はよく分かっている。
「…………」
首を捻りながら、進んでいく。
そうしているうちに、エリスは周囲が静かすぎた理由に辿り着く。
回廊の柱の陰から、何人もの騎士達が飛び出してきたのだ。
しかも全員、その手に武器を携えて。
「っ!?　な、何!?」
あっという間に、エリスは剣を抜いた騎士達に取り囲まれてしまう。
「ど、どういうつもりなの!?」
何をするつもりかは、明らかだ。
エリスの命を取ろうという企て——つまり暗殺である。
だが問題は、その中心にいる人物だ。

グレイフリールがやって来る直前の反乱の時は、エリスに味方してくれた騎士団長だった。

「天上領(ハイランド)と寝た娼婦は、我等が女王にあらず！　お命頂戴(ちょうだい)する！」

「ま、待って！　でも私がこうしなければ、どうなるの⁉　もっと多くの死んでいたわ！　これからもそれを続けないと、もっとひどい事になります！　私がいなければ！」

命は、惜(お)しくない。

ただいくら情けなくて屈辱的(くつじょくてき)で、外から非難されようと、エリスのやっている事は国と民を守る事につながっているはずだ。

「確かに、あなた達にも辛(つら)い思いをさせていると思います。だけど……！」

本来騎士団が行うべき事は、殆ど天上領(ハイランド)に実権を奪(うば)われ、天上人(ハイランダー)の許可無しには何も出来ないような状態だ。

権限も人数もどんどん縮小し、今は城の衛兵程度の仕事しか残ってはいない。

彼(かれ)らが天上人(ハイランダー)達から、犬でも出来る番犬程度の仕事しかしていない、と蔑(さげす)まれているのも知っている。

ただ、近くでエリスを見て、一緒に耐(た)えてくれていると思っていたのに――

「問答無用ッ！　この世には、命よりも売り渡(わた)してはいけないものもあるのだ！」

「それは、力のある人間だけが言える事よ！　お父様、お兄様のように！」

「問答無用と言ったッ！」

騎士団が剣の切っ先をエリスに向け、突進の構えを取る。

「そう――分かりました……」

銀色の切っ先がエリスの腹部に迫ろうとするが、エリスはあえて動かなかった。

この場所を人払いして、他に誰もいない状態に出来ているという事は、彼らだけでなく城の宮女やその他の人達も、この暗殺を積極的に止めようとはしなかったのだ。

何か感づいて忠告してくれる人間は皆無だった。

皆がエリスはいなくなっても構わない、と。考えている結果だ。

エリスが良かれと思ってやっている行為は理解されず、眉を顰めている者が多いのである。ならばもう、いいのかも知れない。

自分の身をグレイフリールの慰みものにし続けなくても。もう楽になっても――

それを皆が望むのならば。

エリスは目を閉じ、その瞬間を待った。

これは非業の死ではなく、重責からの解放なのだ。

――だがいつまで待っても、その時は訪れなかった。

何かと何かがぶつかる音がした。

それは確かに聞こえた。

だが、自分には何の痛みも感じられない。

「な……っ⁉」

騎士団長の驚くような声で、エリスは怖々と目を開く。

そして目に入ってきたのは――

騎士団長の剣で腹部を刺された、ティファニエの姿だった。

「ティファニエっ⁉」

「お姉様――」

ティファニエはエリスに微笑みを向けながら、崩れ落ちていく。

「ティファニエ！　ティファニエぇぇぇっ！」

エリスはティファニエの名を呼びながら、すぐに駆け寄る。

剣を受けた腹部から、どんどん血が溢れてティファニエのドレスを真っ赤に染めていく。

「あぁぁぁ！　ご、ごめんなさい！　ごめんなさい、私のせいで……っ！」

こんな事態を引き起こしたのはエリスのせいだ。

エリスの判断が、天上人に、グレイフリールに身を捧げて国と民の待遇を少しでも良くするという考えが理解されずに、この事態を招いた。

　ティファニエはそんな無能で無力なエリスを見捨てず、身を挺して庇ってくれようとしたのだ。

　もう終わってもいい、死んでもいいと、自分自身でさえ見捨てたエリスを――

　流石に涙を禁じ得ない。

　これまで堪えていたものが壊れたように、エリスは大声で泣き声を上げた。

「い、いいのよ、お姉様。お泣きにならないで？　お姉様は自分の身を犠牲にして、私や、国や人々を守ろうとして……だ、だから、私も――」

　ティファニエが咳き込み、口から赤い血が溢れる。

「ティファニエ！　駄目よ、もう喋らないで……！　すぐに手当をするから！」

「いいや、そうはさせん！」

　騎士団長や配下の騎士達は、エリスを取り囲んだままである。

「哀れな事だ。せめて女王に後を追わせてやる！」

　ティファニエの血に濡れた剣の切っ先が、エリスの方を向く。

「誰のせいよ！　誰がティファニエをこんな目に遭わせたというの!?」

「貴様の無能と、天上人に身を売る節操の無さだ！」

「黙りなさい！　自分達の立場が無いからといって、文句ばかりで何もしてこなかった木偶の坊達が！」

「減らず口を！　ならば貴様を討ち、これからは我等が国を安んじてみせる！」

「やってみなさい！」

ティファニエが守ってくれた命は、こんなところで捨てられない。

先程全てを受け入れようとしていた気持ちは失せた。

最後まで抵抗して、あがいて、生き延びなければならない。

武器は無く、多勢に無勢だが、せめてティファニエに恥ずかしい行動を取ってはならない。

「うおおおぉぉぉっ！」

血に濡れた剣が、エリスに向けて振り下ろされる。

「っ⁉」

エリスも、武技の訓練はしている。

鋭い剣先を何とか躱し、続く斬り上げ、横薙ぎを大きく距離を取りながらやり過ごす。

何とか、攻撃に付いていく事は出来る。

どうにか突破口を――そう思った瞬間、背後から強い衝撃を感じる。

「あうっ……⁉」

エリスを取り囲んでいた、騎士の一人だ。

距離の近づいたエリスの背中に、剣の柄を強く叩き込んだのだ。

エリスは思わず前のめりに膝を突く。

「くっ！　まだ……っ！」

最後まで諦めない。諦めてはならない。

「取り押さえろッ！」

しかし立ち上がろうとする前に、あっという間に多数の騎士が群がり、組み伏せられてしまった。

「放しなさいっ！　放してっ！」

「ようし、もう逃げられんぞ」

もがき暴れるエリスを見下ろし、騎士団長はにやりと笑みを見せる。

剣がすぐに振り下ろされるかと思いきや、そうはならなかった。

騎士団長はエリスの前にしゃがみ込むと、髪を掴んで頭を上げさせる。

「クク……せっかくだ。死にゆく前に、少々楽しませて貰うとするか。あの天上人に対する意趣返しにもなろう。なあ、お前達。お前達も順番にな？」

騎士団長の言葉に、騎士達はにやりと笑みを浮かべながら頷く。

見下げ果てた者達だ。

元々、この国の中心たる父王や兄王子をはじめ、気骨のある精鋭達は失ってしまったのだから、残った者はこんな程度だろう。

が、今のエリスには好都合だと思えた。

「好きにすればいいわ」

少しでも命が繋がれば、その分何か打開策を見出せる可能性は上がる。

少なくとも、終わらなければ可能性はある。

諦めるエリスを、ティファニエは望まないはずだ。

「いいや。私は許さん」

やや不機嫌そうな低い声が響くと――

ごろり、と何かが転がる音がした。

そしてエリスの目の前に、笑顔の騎士団長が落ちてきた。

――首だけになって。

「うぅ……っ！」

思わず声が漏れる。

騎士団長の首を刎ね飛ばしたのは、グレイフリールだった。

何か高度な魔術を使っているのか、その腕（うで）自体が大きな刃（やいば）のように変形している。

それが一撃（いちげき）で、騎士団長を屠（ほふ）ったのだ。

その姿を見ると——何故（なぜ）だかほっとしてしまう自分がいた。

だがそれも一瞬のこと。

即座（そくざ）に目の前が真っ赤になり、何も見えなくなったのだ。

騎士団長の斬られた首から噴（ふ）き出す血が、エリスの顔にかかったのだ。

「きゃあっ⁉」

それに驚いているうちに、男達の怒りに満ちた声が上がる。

「「ぬううっ！　よくも騎士団長殿を！」」

「「おのれ天上人（ハイランダー）めが！」」

「死ね」

目の前が見えなくて正解だったかも知れない。

次々と悲鳴が上がり、返り血が容赦（ようしゃ）なくエリスに降り注ぐ。

むせ返るような血の臭いに、体中が包まれていく。

——やがて周りが静かになると、エリスは顔を拭（ぬぐ）いながら立ち上がる。

見ると、グレイフリールは倒（たお）れたティファニエの体を抱（かか）え上げようとしていた。

「ティファニエ！　ティファニエっ！」

駆け寄って呼び掛けるが、ティファニエから返答は無い。

グレイフリールはティファニエを抱えたまま、どこかへ歩き出した。

「ティファニエをどこへ⁉　早く手当てをしないと！」

「天上領に運ぶ」

「え……⁉　ティファニエを助けてくれるのですか⁉」

「運が良ければな」

「お、お願いします！　どうか、どうかティファニエを……！」

「必ずとは言えぬ」

エリスはそう言うグレイフリールに対し、頭を下げていた。

見送ったティファニエが、エリスの王城に戻ってくる事は無かったが――

そもそも全ては天上領の地上侵攻が原因で、グレイフリールは父王や兄王子の仇である。

そしてエリスにはティファニエに手を出すと脅して、手籠めにするような男だ。

だが、そんな男だと分かっているが――

恨みも、憎しみも感じるのだが――

次にグレイフリールが寝所に現れた時から、エリスは意図的にシーツで自分の体を隠そうとするのを止めるようになっていた。

しかしそんな日々の終わりは、唐突(とうとつ)にやって来た。

国内に虹の雨(プリズムフロウ)の長雨が続いたのだ。

天上領(ハイランド)の魔印武具(アーティファクト)のおかげで魔石獣(ませきじゅう)への抵抗力(ていこうりょく)は以前より上がっており、何とか凌(しの)いでいたのだが――

その最中、均衡(きんこう)を一変させる存在が現れたのである。

最強、かつ最悪の魔石獣、虹の王(プリズマー)だ。

長雨がとうとう、虹の王(プリズマー)を生んでしまったのである。

虹の王(プリズマー)の存在は、天変地異のようなもの。

地上のあらゆる手段は歯が立たず、唯一出来る事は、そこから逃げる事である。

そしてそれは、天上人(ハイランダー)達にとっても大差が無かった。

ゴゥン――ゴゥン――ゴゥン……

王城の窓から、いくつもの船が高い空へと引き揚(あ)げていくのが見える。

そんな中、エリスはグレイフリールに食い下がっていた。

「待って！　待って下さい！　都合のいい時だけ私達(たち)から吸い上げるだけ吸い上げておいて、いざとなれば自分達だけ逃げるなんて、卑怯(ひきょう)よ！　何のために私やティファニエが……！」

「魔石獣は魔印武具(アーティファクト)で撃退(げきたい)出来ていたはずだ。だが虹の王(プリズマー)は別物。その別物まで滅(ほろ)ぼせるとは言っていない」

「そんな！　そんなの……！」

「遺憾(いかん)ながら、な。むざむざ同胞(どうほう)を殺すわけにはいかん。天上領(ハイランド)としても、この国には様々な投資をしたが、あの化け物の前ではどうにもならん。警告はしてやった。どこへなりとも逃げるがいい」

「私には、他に逃げる場所なんて無い！　この国と民のために、最後まで戦う！　使わないのなら、ありったけの強い魔印武具(アーティファクト)を置いていって！」

「今ある魔印武具(アーティファクト)ではどうにもならん。死ぬぞ？」

「もう死んでいるのと同じよ！　ずっと前から、あの時から！」

心を殺して、自分を殺して、国と民のために出来る事をする。

ずっとそうして来たのだ。それを最後まで貫く。もう後戻りなんて出来ない。

「ふむ……ならば、賭けてみるか？　虹の王を滅ぼすための力に」

「！　そんなものがあるの⁉」

「いや、無い」

グレイフリールは首を振る。

期待を煽るような事を言っておいて、酷い態度だ。

「どういう事、私をからかっているの？」

「からかってはいない。無いなら、作ればいいという事だ」

「作る？」

「そうだ。人間そのものを素体とした、究極の魔印武具――天恵武姫だ」

「天恵武姫……⁉」

「夢物語だと言う者もいる。だが私も、人の手でどうにもならん虹の王などという存在は度し難いのでな。未だに完全な成功例は無く、成功率は極めて低いと思われるが――お前が天恵武姫になってみるか？」

「ええ、なるわ」

エリスは迷う事無く即断した。

国と民のために出来る事をする。それを貫くのがティファニエのためにもなる。

まだ打てる手があるなら、それを行うのみだ。

迷っている暇など無い。刻一刻と、虹の王はこの国を破滅させようと迫ってくる。急がねば、手遅れになってしまう。

「どうすればいいの？　今すぐ私を天恵武姫にして下さい！」

「ならば行くぞ、設備は天上領にある」

「分かりました。急ぎましょう！」

エリスは強く頷き、グレイフリールの後を追う。

必ず戻る。必ず、守ってみせる。全てを捧げると決めた、この国のためだから

こうしてエリスは天上領に向かい、そして――

天恵武姫化が成功し目覚めた時には、長い長い年月が経っており、必ず守ると誓った国は、もはや世界のどこにも存在していなかった。

「…………」

気がつくと、エリスが入る天恵武姫化（ハイラル・メナス）の装置が目の前だった。

先程イングリスを包み込んだ光は消えて、何事も無かったかのような静寂（せいじゃく）だけが支配している。

イングリスの目の前のエリスはやはり、涙しているままだ。

「エリスさん……」

今見てきた光景は事実なのだろうか？

あれがエリスの辿ってきた人生だというのか。

だとしたら――

「何と哀れな……」

何を、どこを思って泣いているのか。候補が多すぎて全く分からない程だ。

どこを切り取って見ても、涙するに値するような記憶（きおく）ばかりだ。

イングリス王としての栄光の記憶と、イングリス・ユークスとしての幸せな記憶と、そのどれとも違（ちが）いすぎる。

何一つままならず、良かれと思った選択（せんたく）は、悪い方に転がっていく。

エリスの人生は、そんな事ばかりだ。

そんな人に対して、無理矢理手合わせに引きずり込んだり、遠足気分で神行法のために武器化させたり、挙げ句破損させてもう一度グレイフリールの石棺に入らせる事になってしまった。

「色々、悪い事しちゃったかなぁ……」

本当は、嫌だっただろう。

グレイフリールの名を聞いて、昔の事を思い出さないはずが無い。

だからこそ、こうして装置に入ったエリスは涙を流しているのだろう。

しかしそんな事はおくびにも出さず、エリスは凜としてグレイフリールの石棺に入る事を決めていた。強い女性だ。尊敬に値すると思う。

「それにティファニエさんも……今度会ったら、もう少し優しくしなきゃ」

ティファニエはラフィニアにも平気で手を出そうとするので、イングリスとしては許し難い相手だが、もう少し優しく接してもいいかも知れない、と思う。

グレイフリールが、エリスを庇って瀕死となったティファニエを天上領に送っていたが、その後ティファニエも天恵武姫化の処置を受けたのだろう。

今のティファニエとはかけ離れた心優しい性格だったが、その後に何か、決定的に歪んでしまうような出来事があったのかも知れない。

それが何かは分からないが、エリスは知っているのだろうか？

エリスの方も、遥か未来に天恵武姫として放り出され、今に至るまでも、色々な出来事があったに違いない。

そもそも、あの時グレイフリールは処置に数百年かかるなどと一言も伝えていない。

エリスは天恵武姫化してすぐに国に戻り、虹の王と戦うつもりだっただろう。

武器化した天恵武姫は使い手の命を吸い上げ、殺してしまう事も何も言っていない。

その事を知った時のエリスやティファニエは、どう思ったのだろう？

あの記憶から先も、察するに余りある。

「大戦将、グレイフリールか。女の敵だな」

いくら天上人とは言え、数百年前の人物だ。

この石棺に名前だけ残し、もはやこの世にいない可能性も高い。

だがもし、目の前に現れる事があったら。

どんな相手とも人の手を借りずに、独力で手合わせを行い、最大限に己を高めたいとは思っているが――その時ばかりは武器化したエリスを手にし、彼女の望むように戦う事も吝かでは無い。

「そのためにも、今の状況を何とかしないと」

いつまでも、休んではいられない。

イングリスは軽く頬を叩いて、気合いを入れる。

「よし……！　待っていて下さい、エリスさん」

そしてエリスに背を向けると、再び修行へと戻って行った。

あとがき

まずは本書をお手に取って頂き、誠にありがとうございます。

英雄王、武を極めるため転生すの第十一巻でした。楽しんで頂けましたら幸いです。

今巻も色々な情報をどかどか追加させて貰っているんですが、こう作者の体感的には右に行っても左に行っても、どっちでも大丈夫だね～みたいな感じで曖昧にしていた部分を右なら右、左なら左、って決めて行くような感覚がありました。

今まで風呂敷を広げる一方だったのが、ちょっと整理したって言うんでしょうか。

正式決定して書いてしまうと後戻りはできないので、どう出るかちょっと怖い部分でもありますね。

基本的に曖昧にしておいていい事は曖昧にしておいて、後で調整できる余地を残したいタイプなので、ここクリアにしておかないと進めない、となってくると緊張します。

これも長くシリーズを継続させて頂いている結果で、いい経験させて貰っています。ありがとうございます。

基本的にはこういうフェーズに入る前に……っていう事が多いですからね。

今後とも頑張って行きたいですが、この十一巻で結構いい感じの区切りが出来たので、十二巻の展開どうしようかなあ？　というのが正直な所で、今このあとがき書いている時点では割とノーアイデアだったりします。

でもまあ、その時が来たらその時の僕が何とかしてくれるはず……！

体調とかはいいので、行けると思います！

著者プロフィールの方にも書きましたが、毎日運動＆一日の摂取カロリー１５００ｋｃａｌ以内の人生縛りプレイを現時点で３ヵ月くらい続けています。

それで体重５〜６キロ減って来てるんですが、その間３ヵ月くらい毎日３０００文字以上原稿が書けてます。

フィジカルコンディションが執筆コンディションに影響するんだなあって凄い実感したので、今後もずっと続けて行きたい習慣です。

日々の経過をＸ（旧ツイッター）で呟いたりしてるので、良かったら見てみて下さい。

何がきっかけでこれ始めたかと言うと、今年の夏沖縄に家族旅行に行ってきたんですが、ホテルのプールとかプライベートビーチとかで見る他の家族のパパさんがみんなシュッとしてて、自分の体型見てちょっと恥ずかしくなったからです。

習慣を変えるきっかけになったっていう意味でも、行って良かったかなと。

ともあれ僕の執筆体力は上がっているので、並行させて貰っている剣聖女アデルだけでなく、もっと仕事を増やしていきたいですね……！

作家寿命が尽きる前に、自分の限界まで仕事をしておきたいです。

いつか絶対通用しなくなる時は来ますし、行けるうちに行けるだけ行っておかないと、と思います。

出来ればジジイになっても作家やっていたいですが、需要が無くなれば強制退場の世界ですからね。１ミリも油断はできませんし、調子に乗っている暇もないです。

その分めちゃ楽しいし、やりがいはＭＡＸです。

まだまだ若い頃のブラック企業時代や、その後の兼業作家時代に比べれば一日の労働時間は短いですし、暫くこんな感じで生きて行きたいです。

さて最後に担当編集Ｎ様、イラスト担当頂いておりますＮａｇｕ様、並びに関係各位の皆さま、今巻も多大なるご尽力をありがとうございます。

それでは、この辺でお別れさせて頂きます。

次巻予告

イルミナスでの騒動を経て、
無事に元の姿に戻れたイングリス。

グレイフリールの石棺での修行で
更なるパワーアップを遂げたイングリスだが、
今は一時の休息とばかりに
ヴェネフィクの皇女メルティナも含めた面々と
久々の学院生活を楽しんでいた。

しかし、イングリスの周囲で
平穏がそう長く続く筈もなく――!?

「ああ、どこかに敵が
落ちてないかなぁ……
あ! 本当にいた!」

英雄王、
武を極めるため転生す
そして、世界最強の見習い騎士♀

Eiyu-oh,
Bu wo Kiwameru tame
Tensei su.
Soshite, Sekai Saikyou no
Minarai Kisi "♀".

12

2024年夏、
発売予定!!!!

HJ文庫

HJ文庫 https://firecross.jp/
1132

英雄王、武を極めるため転生す ～そして、世界最強の見習い騎士♀～ 11

2024年1月1日　初版発行

著者――ハヤケン

発行者―松下大介
発行所―株式会社ホビージャパン

〒151-0053
東京都渋谷区代々木2－15－8
電話　03(5304)7604（編集）
　　　03(5304)9112（営業）

印刷所――大日本印刷株式会社

装丁――BELL'S GRAPHICS／株式会社エストール

Printed in Japan

ISBN978-4-7986-3381-7　C0193

勇者殺しの花嫁 Ⅰ
-血溜まりの英雄-

著者／葵依幸
イラスト／Ｅｎｊｉ

最強花嫁（シスター）と魔王殺しの勇者が紡ぐ新感覚ファンタジー。

魔王が討たれて間もない頃。異端審問官のアリシアに勇者暗殺の指令が届く。しかし、加護持ちの勇者を殺す唯一の方法は“愛”らしく、アリシアは勇者を誘惑しようとしたが――「女相手になにしろって言うんですか!?」やがてその正体が同じ少女だと気付き、アリシアの覚悟が揺れ始め――

発行：株式会社ホビージャパン